STRUCTURING YOUR NOVEL WORKBOOK:
HANDS-ON HELP FOR BUILDING STRONG AND SUCCESSFUL STORIES
K.M.WEILAND

穴埋め式
ストラクチャーから書く
小説執筆ワークブック

K.M. ワイランド＝著　シカ・マッケンジー＝訳

Structuring Your Novel Workbook: Hands-On Help for Building Strong and Successful Stories
Copyright © 2014
K.M.Weiland

Japanese translation rights arranged with K.M.Weiland
through Japan UNI Agency, Inc., Tokyo

人生を学ぶためにストーリーを使い、
ストーリーによって人生を教えてくれた、
愛する救い主に捧げる。

そして、また、親切で寛大なベッカ・パグリッシと、
書き手としての道を共に歩む素晴らしい人々に。

Contents

はじめに ———————————————————————————— 7

第1部　ストーリーの構成

第1章 ｜ フック（つかみ）

フックのクエスチョン ————————————————————— 12

フックのチェックリスト ————————————————————— 14

書き出しの1文チェックリスト ——————————————————— 18

ドラマ的な疑問（物語が提起する疑問） ——————————————— 20

最初の章チェックリスト ————————————————————— 22

第2章 ｜ 第1幕

伏線 ————————————————————————————— 28

サブプロット ————————————————————————— 30

紹介が必要なキャラクターは? ——————————————————— 32

キャラクターを発見する ————————————————————— 40

ステークの紹介 ———————————————————————— 42

舞台設定の紹介 ———————————————————————— 44

舞台設定チェックリスト ————————————————————— 46

キャラクターのパーソナルな環境 —————————————————— 54

第3章 ｜ プロットポイント1

インサイティング・イベントとキー・イベント ————————————— 58

第4章 ｜ 第2幕の前半

プロットポイント1へのリアクション ————————————————— 66

第2幕の前半全体でのリアクション —————————————————— 67

ピンチポイント1 ——————————————————————— 70

第5章 | ミッドポイント

ストーリーのミッドポイント ———————————— 74

第6章 | 第2幕の後半

ミッドポイント後のアクション ———————————— 80

主人公の変化 ————————————————————— 83

ピンチポイント2 ————————————————————— 86

第7章 | 第3幕

プロットポイント2 ———————————————————— 90

プロットポイント2の後 ——————————————————— 94

キャラクターを死なせる時のチェックリスト ——————— 97

第8章 | クライマックス

ストーリーのクライマックス ————————————— 102

第9章 | 解決

「解決」のプランを立てる ————————————————— 108

結びの1文チェックリスト ————————————————— 111

第2部　シーンの構成

第10章 │ シーン

シーンの「目的」の選択肢 ———————————————— 118

シーンの「葛藤や対立」の選択肢 ——————————— 122

シーンの「災難」の選択肢 ————————————————— 125

第11章 │ シークエル

シークエルの「リアクション」の選択肢 ——————— 132

シークエルの「ジレンマ」の選択肢 —————————— 135

シークエルの「決断」の選択肢 ——————————————— 137

参考図書 ————————————————————————————— 140

おわりに ————————————————————————————— 141

謝辞 ———————————————————————————————— 142

訳者あとがき ————————————————————————— 143

【凡例】

● 小説、映画、書籍、雑誌は『　』、章タイトル、節は「　」で示した。

● 映画は初出時のみ続く（　）内に製作年を記した。

はじめに

　情熱を持てる題材について書きましょう、といつも私は言っています。小説家を目指すみなさんへのこの言葉は、私自身が指南書を書く時にも当てはまります。そのうちの1冊である『ストラクチャーから書く小説再入門──個性は「型」にはめればより生きる』（拙訳、フィルムアート社、2014年）をもとに、このワークブックを作りました。ストラクチャー、つまり構成とは私にとって、「情熱」という言葉では表しきれないほど心が燃え立つ題材です。

　書き手としての旅路の中で、ストーリーの構成というコンセプトは、私に大きな発見や気づきをくれました。今もなお、構成に対するワクワクした気持ちを書き尽くすことはできません。

　素晴らしいストーリーにはみな、共通する要素があります。それがわかった瞬間に、視界を覆う霧が晴れることでしょう。もちろん、あなたも、ストーリーを思い描き続けてきたはずです。ある程度は理解もできています。それが、構成に着眼するやいなや、すっかり新しい次元でストーリーを眺められるようになるのです。それはまるでエックス線撮影の画像を見るかのよう。かつて肌や髪など、いわばストーリーの表面だけを見ていたのが、今度は骨格まで見えるのですから。

　ほとんどの書き手と同じように、私も初稿をまとめるのに苦心してきました。アウトラインを入念に作っても、なぜかうまくいかない作品もたまにあり、どうしたものかと考え続けました。そうやって、ただ考え、探し続けるしかない、と多くの人々が思い込んでいます。

　でも、解決策は他にあります。

■ なぜ構成を立てると執筆がうまく、楽に運ぶのか

　創作とは空想の自然な流れと直感に従って行うものだと思われがちです。その流れを意識的に操作しようとするなんてとんでもない、と。私も多くの書き手と同じように、苦労しながらただ書き続けていました。そうして出来上がったストーリーは、ある程度まではうまくいっていましたが、納得がいくものではありませんでした。

　その当時、私は、創作とは自分が創造したいものを、穴を掘って見つけ出すようなものだと思っていました。何が掘り起こせるかは見当もつきません。何もわからないまま、ただシャベルですくい続けるだけです。いつか穴の底にたどり着けば、すべてがはっきりするだろう、と信じて掘り続けるのみでした。

　それと同じようにして、多くの人々が創作に挑んでいます。ストーリーには何と何とが必要かは、すでによく知られています。冒頭で強烈なフック（つかみ）を仕掛け、キャラクターに鮮やかなアーク（変化の軌跡）をたどらせ、サスペンスを高めておいて、ストーリーの結末へ。そこで穴掘り作業は終わり、すべてが突然、あるべきところに着地するはずだ、と頭では理解できています。

　しかし、それでもうまくまとまらなかったストーリーが、誰しも1つはあるのではないでしょうか。何もかもきちんとできている（と、自分では思っている）のに、ストーリーの流れがなんとなく

7

不自然。でも、理由がわからない。なんともはがゆい気分です。「不可欠」と言われる要素は全部揃っています。なのに、なぜか、うまくいかない。それらの要素がまとまりを欠いている。

そういう時には構成を見て下さい。

構成とは何なのか、私が初めて1つひとつ順を追って説明されるのを聞いた時、頭の中で電球がパッと灯ったような気がしました。文字通り、構成は私の人生を変えたのです。

前記の既刊書では、3幕構成の基本をわかりやすく分解し、フックや第1幕、プロットポイント1、第2幕の前半、ミッドポイント、第2幕の後半、プロットポイント2、第3幕、クライマックス、解決など、重要な要素を1つずつ解説しています。さらに、シーンの中のこまかい構成の仕組みについてなど、ストーリーの組み立ての小さな部品についても取り上げています。

■ 本書の使い方

このワークブックでは、構成の大切な要素を1つずつ眺め、問いについて考えながら焦点を絞り、ステップを追って構成のすべてがわかるようになっています。あなたがアウトラインを作って執筆するタイプなら、初稿の執筆前に本書を活用し、構成もしっかりと立てて下さい（既刊書籍『アウトラインから書く小説再入門──なぜ、自由に書いたら行き詰まるのか？』（拙訳、フィルムアート社、2013年）と『〈穴埋め式〉アウトラインから書く小説執筆ワークブック』（同上、2021年）のメソッドも、本書と共通しています）。また、原稿がすでに完成している場合でも、本書と照らし合わせて構成の完成度を確認し、改善した方がよいポイントを見つけることができます。

本書の各項目では、まず概念（コンセプト）の説明があり、次に小説や映画の実例を挙げています。もとにした書籍『ストラクチャーから書く小説再入門』での解説が見つけやすいように、該当の頁番号も記載しています。同書に原理とその活かし方をわかりやすく記していますので、先に読んでから本ワークブックに取り組むことをお勧めします。

本書は徐々にストーリーの全体像からディテールへと思考を進め、また全体像に戻る構成になっています。それぞれの問いに対するあなたの答えが具体的になればなるほど、執筆や推敲の準備も整っていくでしょう。でも、途中で質問を飛ばしたくなったら、ためらわずに飛ばして先に進んで下さい。他のステップをすべて完了させてからでなければ埋められないセクション（「伏線」など）も、いくつかあります。

答えを書き込む際に、頁にある空欄では足りないかもしれません。思いついたことをすぐに書き留められるよう、あらかじめノートを別に用意しておいて下さいね。

構成の美点は、そのシンプルさです。ブロックを整然と積み重ねることによって、ストーリーが構築できます。その積み重ねの構造が見えた時、突然、ストーリーには何が必要かがわかるでしょう。もう悩まなくても大丈夫。あなたの知識とパワーを使い、創作ができるようになります。

ストーリーに振り回されることなく、しっかりと手綱をとっていきましょう。

第 **1** 部

ストーリーの構成

第 1 章

フック（つかみ）
適切な位置は？
ストーリー全体の1パーセント経過地点

　ストーリーの構成を考える時は、まず、オープニングの部分を眺めるのが自然です。優れたストーリーはみなフックで始まります。最初の章で読者をフックにかけて、つまり、興味をつかんでストーリーに引き込まなくては、続きがいかに素晴らしい冒険だとしても、それに入っていけません。

　フックには様々な形がありますが、どれもだいたい「クエスチョン」だというのが共通点。読者の好奇心を刺激できれば大丈夫。単純です。

　ストーリーの冒頭では、キャラクターと舞台設定、そして葛藤や対立関係を提示します。でも、それらはフックになりません。あなたが読者にきわめて具体的な疑問を抱かせ、読者が「これからどうなるのだろう？」と知りたくなった時、あなたはフックを仕掛けたと言えるのです。

フックのクエスチョン

オープニングでは疑問を明文化する場合もあります。主人公がはっきりと何かを問うため、読者も同じ疑問を抱くのです。けれども、ほとんどのストーリーは実際そうはなっておらず、文脈によって暗に疑問を抱かせることが多いでしょう。

このオープニングでの問いは、曖昧ではいけません。読者は状況を理解できて初めて、具体的な疑問が抱けます。「何がなんだか、さっぱりわからないんだけど?」と読者に思わせるのはよいクエスチョンではありません。

疑問の答えは最後まで隠し続けなくても大丈夫。次の段落で答えを明かしてもかまいません。その場合は、すぐに新たな疑問を提示しましょう。読者は好奇心を刺激され、さらに続きが読みたくなります。

以下の質問について考え、ストーリーのフックをよりよいものにして下さい。

（「掴み（フック）」『ストラクチャーから書く小説再入門』17-20頁）

エクササイズ

■ オープニングで、どんな疑問が読者の興味を引きつけるか?

例

■ 輸送係を殺した爬虫類の正体は何だろう?

（スティーヴン・スピルバーグ監督『ジュラシック・パーク』1993年）

■ どうやって都市が獲物を狩るのだろう?

（フィリップ・リーヴ作『移動都市』）

■ けっして大人にならない、ただ1人の子どもとは誰だろう?

（ジェームズ・マシュー・バリー作『ピーター・パン』）

エクササイズ

■ その問いをはっきりとした疑問文として書くなら、どういう文になるか?

例

■ はて、どこだ?　はて、いつだ?　はて、だれだ?

（サミュエル・ベケット作『名づけえぬもの』安藤元雄訳、白水社、1970年、5頁）

■ 今夜わたしは、どこへ飛び立とうか?

（アリー・コンディ作『カッシアの物語』高橋啓訳、プレジデント社、2011年、9頁）

■ これは本当に地球なの?

（デビー・マッコーマー作『Angels at the Table（未）』）

エクササイズ

■ 疑問文にせず、暗に疑問を抱かせるとしたら、どのような文になるか?

例

■ 僕は見えない人間である。

（ラルフ・エリスン作『見えない人間』松本昇訳、白水uブックス、2020年、29頁）

言外の問い：どうしてそれが可能で、それはなぜなのか?

■ くるくる巻いた花たちのすきまから、柵のむこうでその人たちが打っているのをボク
は見ることができた。

（ウィリアム・フォークナー作『響きと怒り　上』平石貴樹・新納卓也訳、岩波文庫、2007年、7頁）

言外の問い：誰が何を打っており、なぜ打っているのか?

■ いまからすこしむかし、ユースチス・クラレンス・スクラブという男の子がいました。
へんな名まえでしょう?　ところがその男の子がまた、その名まえにふさわしい、へ
んな子だったのです。

（C.S.ルイス作『ナルニア国ものがたり──朝びらき丸　東の海へ』瀬田貞二訳、岩波少年文庫、2000年、15頁）

言外の問い：そんな名にふさわしい変な子などいるのだろうか?

フックのチェックリスト

オープニングの部分はストーリー全体を売り込むセールストークのようなものです。いかに結末がすごくても、セリフが斬新でも、キャラクターが目の前で躍動するかのように描けていても関係ありません。オープニングがすべての必要条件を満たしていなければ、読者はその先にある長所に触れる前に本を閉じてしまいます。

完璧なオープニングを書くための定石はありませんが、ほとんどの好例には共通項があります。次の問いについて考え、必要な要素を揃えて下さい。

(「掴み（フック）」『ストラクチャーから書く小説再入門』17-20頁)

エクササイズ

■ ストーリーが本当に始まるのは、どの瞬間からか？

その瞬間よりも前の部分を削除するなら、読者を混乱させずに削除が可能な部分はどこからか？

■ 最初のシーンで紹介されるキャラクター（たち）は誰か？

キャラクター1

■ キャラクターの名前も紹介したか？　□ はい □ いいえ

■ いいえの場合、その理由は？

■ そのキャラクターの性格や、ストーリーでの役割を示す方法を2つ挙げるとしたら？

行動

セリフ

キャラクター2

✏

■ キャラクターの名前も紹介したか？　□ はい □ いいえ

　　■ いいえの場合、その理由は？

　　　✏

■ そのキャラクターの性格や、ストーリーでの役割を示す方法を2つ挙げるとしたら？

　行動 ✏

　セリフ ✏

キャラクター3

✏

■ キャラクターの名前も紹介したか？　□ はい □ いいえ

　　■ いいえの場合、その理由は？

　　　✏

■ そのキャラクターの性格や、ストーリーでの役割を示す方法を2つ挙げるとしたら？

　行動 ✏

　セリフ ✏

キャラクター4

✏

■ キャラクターの名前も紹介したか？　□ はい □ いいえ

　　■ いいえの場合、その理由は？

　　　✏

■ そのキャラクターの性格や、ストーリーでの役割を示す方法を2つ挙げるとしたら？

　行動 ✏

　セリフ ✏

キャラクター5

- ■ キャラクターの名前も紹介したか？ □ はい □ いいえ
    - ■ いいえの場合、その理由は？

- ■ そのキャラクターの性格や、ストーリーでの役割を示す方法を2つ挙げるとしたら？
    行動
    セリフ

- ■ オープニングのシーンで主人公は何を求めているか？

- ■ 主人公を妨害しているものは何か？

- ■ このシーンで、どうすればキャラクターの動的な描写ができるか？

- ■ オープニングのシーンが展開する場所はどこか？

    - ■ 書き出しの1文で、舞台となる場所の感覚が少しだけでも伝わるようにするには、どうすればよいか？

■ オープニングが作り出すトーンは？

☐ 楽観

☐ 悲観

☐ 敗北

☐ 恐怖

☐ 希望

☐ 悲しみ

☐ よろこび

☐ 皮肉

☐ 理想

☐ 怒り

☐ 畏怖

☐ 落胆

☐ 後悔

☐ 軽蔑

☐ 敵意

☐ その他

■ その効果を出すために使った言葉やイメージは？

言葉

1.

2.

3.

4.

5.

6.

イメージ

1.

2.

3.

4.

5.

6.

書き出しの1文チェックリスト

　書き出しの1文は、読者の関心をつかんでストーリーを読む動機づけをするための最初のチャンスです（この機会を逃せば、最後のチャンスとなってしまいます）。たった1つの文なのに、とんでもなく大きな使命を担っているのです。書き出しの1文を優れたものにする条件とは？　続きが読みたくなる1文にするには、どうすればよいのでしょうか？

　次のチェックリストを参考にして、書き出しの1文に磨きをかけて下さい。

（「初めの一行を魅力的にする五つの要素」『ストラクチャーから書く小説再入門』21-25頁）

エクササイズ

■ 書き出しの1文は？

書き出しの1文チェックリスト

☐ 書き出しの1文で主人公を紹介しているか？

☐ 書き出しの1文で問いを提起しているか？

☐ 書き出しの1文で舞台設定の雰囲気を紹介しているか？

☐ 書き出しの1文でストーリーのトーンを設定しているか？

■ 上記のチェックリストと照らし合わせて、書き出しの1文を書き直すとしたら？

書き出しの1文で心をつかむ
4つのステップ

森の夜の闇と寒さの中で眼を醒ますと彼はいつも手を伸ばしてかたわらで眠る子供に触れた。

（コーマック・マッカーシー作『ザ・ロード』黒原敏行訳、早川書房、2008年、5頁）

STEP 1　はっきりと、または暗に問いかける
出来事をただ説明するのではなく、疑問を抱かせるのにじゅうぶんな情報を提供する。

STEP 2　キャラクターを紹介する
書き出しの1文で読者は初めて主人公と出会い、興味を抱く。

STEP 3　（少なくとも）舞台設定の雰囲気を伝える
キャラクターの背景のディテールが想像しやすくなるように手助けし、読者を着地させる。

STEP 4　トーンを設定する
書き出しの1文でストーリーのタイプを明かす。抒情的な悲劇であれば、ジョークで始めない。

ドラマ的な疑問（物語が提起する疑問）

　ドラマ的な疑問（物語が提起する疑問）とは、プロットやテーマが投げかける問いです。プロットとテーマの両面で読者に問う場合もあるでしょう。心に響くエンディングへと導くために、ドラマ的な疑問は最初のシーンで提示しなくてはなりません。それは必ず、イエスかノーかで答えられる種類の問いになります。たとえば「主人公は勝つか?」や「主人公は改心するか?」といった疑問です。

　この疑問をストーリーの中心に据えたら、それに答える**タイミング**も重要です。その疑問への答えを出した瞬間に、ストーリーは実実上終わるからです。答えを出すのが早すぎれば、その後のプロットとキャラクターアークは勢いを失い、無意味になってしまいます。

（「ドラマ的な疑問（物語が提起する疑問）」『ストラクチャーから書く小説再入門』40-42頁）

エクササイズ

■ ストーリー全体にわたる、ドラマ的な疑問を要約するとどうなるか?

  ✎ _____

例

■ ヒロインは、心から愛する相手とめぐり逢えるか?

■ 過ちを犯した主人公は、名誉を挽回できるか?

■ 司法の力によって、悪者は処罰されるか?

エクササイズ

■ その疑問に具体的なディテールを付け足して、ストーリーのドラマ的な疑問に磨き
をかけるとどうなるか?

  ✎ _____

  _____

例

■ マージは無二の親友トムの信頼を失う前に、酒と麻薬をやめることができるか?

■ 傭兵のマイクは、雇われて戦うことに金と権力以外の意味を見出せるか?

■ FBI捜査官ニールはマフィア組織に無事潜入し、組織の解体に成功するか?

伏線

第1幕で、クライマックスの伏線をどう張るか?

最初の章チェックリスト

どのシーンでも、読者が答えを知りたくなるような問いを最初に仕掛けることが最も大事。そして、その次に大事なことは、その問いが曖昧なものではないと確認することです。

はっきりとした疑問を読者に抱かせて下さい。「自由の女神を盗んだのは誰か?」「ウェスリーは絶望の穴からどうやって脱出するか?」「なぜシンデレラの靴は脱げてしまうほど大きかったのか?」というように。読者が「いったい何が起きているの?」と戸惑うのは悪い例です。「はぁ?」と首をかしげさせてしまうのは、もっと悪い例です。

サスペンスの作り方を誤らないように気をつけましょう。読者には、はっきりとした疑問を抱かせて、読み進んでもらうべきです。状況自体がわかりづらく書かれているのはサスペンスではありません。読者を惑わせたままにしないよう、次の問いに答えて下さい。

（「読者に抱かせてはいけない疑問」『ストラクチャーから書く小説再入門』46-49頁）

エクササイズ

■ キャラクターを名前と共に紹介したか?

□ はい □ いいえ

■ キャラクターのだいたいの年頃を、どうすれば示唆できるか?

■ オープニングのシーンに登場するキャラクターを、読者が視覚的につかみやすくするために、どんな身体的な特徴を伝えることが大切か?

1.

2.

3.

4.

5.

■ キャラクターに関する事実の中で、今すぐに明かせるものは何か？

職業

主な性格の特徴

事実を表す行動

その他

■ 複数のキャラクターが登場している場合、彼ら、彼女らの関係は？

　■ それを読者にどう示すか？

■ キャラクターが存在する環境を視覚的に捉えやすくするために、
どのようなディテールをあらかじめ提示するとよいか？

1.

2.

3.

4.

5.

■ ストーリーが始まる時の季節は?
　□春
　□夏
　□秋
　□冬

■ ストーリーが始まるのは何年何月何日か?
　　　　　　　　年/　　　　　　　月/　　　　　　　日

■ ストーリーが始まるのは何曜日か?
　□日　□月　□火　□水　□木　□金　□土

■ ストーリーの始まりが一日のうちの何時かが重要なら、そのディテールをどのように
して読者と共有するか?

■ 最初の段落で、キャラクターの目的をどう紹介するか?

■ 最初の章を読み終えた読者が、続きを読みたくなるほど感情移入ができる理由は?

考えてみよう

読者がストーリーを理解するには、どんな情報が必要かを考えてみましょう。それは具体的な情報かもしれませんし、キャラクターのバックストーリー（過去）であるかもしれません。2人のキャラクターの口論のシーンを描き、それを通して情報を提示して下さい。

振り返ってみよう

1. フックはプロットに自然に組み込まれていますか？
2. フックにアクション（キャラクターの身体的な動きや、何かとの対立）が含まれていますか？
3. アクションが含まれていない場合、フックはどのようにしてアクションのお膳立てをしますか？
4. フックがプロットに入る前の時間つぶしになっていませんか？
5. どのようにすれば、フックによってキャラクターや対立関係、プロット（さらに、できれば舞台設定やテーマ）の紹介も兼ねることができますか？

参考文献やウェブサイト

- "In Medias Res: How to Do It and How Not to," K.M. Weiland, https://www.helpingwritersbecomeauthors.com/in-medias-res/
- "Character: The Most Important Part of Your Story's Beginning," K.M.Weiland, https://www.helpingwritersbecomeauthors.com/utilizing-character-in-beginnings/
- "How to Write a First Chapter that Rocks," Suzannah Windsor Freeman, https://www.writeitsideways.com/how-to-write-a-first-chapter-that-rocks/
- "8 Ways to Write a 5-Star Chapter One," Elizabeth Sims, https://www.writersdigest.com/improve-my-writing/8-ways-to-write-a-5-star-chapter-one
- "Introducing Your Characters," Linda W. Yezak, https://www.lindayezak.com/2012/06/27/introducing-your-characters/

第2章

第1幕
適切な位置は?
ストーリー全体の1パーセント経過地点から
25パーセント経過地点まで

　読者の関心をつかんだら、続きの章でキャラクターや舞台設定、ステーク（危機にさらされている大切なもの）の紹介をします。これらの紹介に費やす分量は、作品全体の中で、最初の20から25パーセントが目安です。かなり多いように思えますね。でも、この分量の流れの中で、読者をストーリーが終わるまで釘づけにするものを提供しなくてはなりません。書き手が第1幕で達成すべきことは、それに尽きます。好奇心だけでは、読者をいつまでも引き付けておけません。フックで好奇心を刺激した後は、読者とキャラクターとの感情的な絆を作り、深く引き込まなくてはなりません。
　この「導入部」は人物紹介や状況設定、何が危機にさらされるかというステークの説明を、情報として打ち出し、それを踏まえてさらに多くを描き出していく部分です。キャラクターの登場だけなら2、3行で表せるでしょう。そこから人物像の描写を深め、ステークをしっかりと訴える作業が本格的に始まります。

伏線

　作品の最初の4分の1に当たる部分で、ストーリーに出てくるパーツをすべて紹介しておきましょう。劇作家アントン・チェーホフが「第1幕で銃が壁にかかっていれば、次の幕で、それを撃たねばならない」と述べていますが、その逆もしかりです。つまり、ストーリーの中盤以降でキャラクターが銃を撃つなら、第1幕で銃を紹介しておかねばなりません。第1幕で読者に提示したパーツの組み合わせによってのみ、中盤以降のストーリーを紡ぐことができるのです。

　伏線には**ヘビーな伏線**と**ライトな伏線**の2種類があります。

　ヘビーな伏線とは、この先に出てくることについて、明確な手がかりとなるものです。この種類の伏線は早めに張っておきましょう。プロットの最初の要点であるプロットポイント1は、第1章で伏線を張っておく必要があります。クライマックスの伏線も、早めに張れたら理想的です。その他の主要なプロットポイントについてもみな、作品の前半で伏線を張りましょう。最初の4分の1までが望ましいです。

例

- 第1章で主人公のエンダーは手段をいとわない残酷さを見せ、いじめっ子を撃退。それは、その後プロットポイント1とプロットポイント2でのスクール内の過酷な戦いから、クライマックスでの異星生命体フォーミックとの最終決戦まで、エンダーが見せるリアクションを裏付ける伏線となっている。

  （オースン・スコット・カード作『エンダーのゲーム』）

- 書き出しの1文が伝えることは「マーレイは死んだ……まず、そのことをはっきりさせておかなくては、これから語る話の素晴らしさは何ひとつわからない」ということ。それは、プロットポイント1で主人公の仕事仲間のマーレイが亡霊となって現れることとの伏線となっている。

  （チャールズ・ディケンズ作『クリスマス・キャロル』）

　ライトな伏線は、前に張られたヘビーな伏線を読者に思い出させるためのもの。伏線で示唆された出来事が起きる直前に配置します。たいていは、かなりライトなタッチで描くことになるでしょう。ちょっとした緊張や前兆、あるいは象徴的なモチーフをちらりと見せるだけで、読者をはっとさせ、その先に**何か大きなこと**が起きようとしていると伝わります。

例

■ プロットポイント2でのエンダーと司令官ボンゾの衝突は、トーンやペース、ボンゾの態度の激化によって伏線が張られている。

■ マーレイが亡霊となって現れる前に、主人公スクルージはドアノッカーがマーレイの顔になっているのを見る。

ストーリーの構成をしっかりと理解すれば、計画的に伏線を張って執筆する場合も、自然にまかせて執筆する場合も、また、後で全体を推敲しながら強化する時も、伏線の効果を存分に活かすことができます。

下記の空欄の左側を使って、重要なキャラクターや舞台設定、行動、小道具、ストーリーの中での出来事などをリストアップして下さい。それぞれの右側の空欄に、第1幕での伏線のアイデアを書いて下さい。構成を充実させながら、この頁を見直し、初稿で伏線を張るべき要素や、伏線が張れそうな要素をチェックして下さい。

（「第1幕　パート1：登場人物の紹介」『ストラクチャーから書く小説再入門』59-60頁）

例

後で重要になること

■ ロスト・ボーイズ（迷子の子どもたち）

（ジェームズ・マシュー・バリー作『ピーター・パン』）

■ リトル・ドリット（主人公エイミー）とクレナム一家とのつながり

（チャールズ・ディケンズ作『リトル・ドリット』）

例

伏線の張り方

■ 第1幕で主人公ピーターが言及する。

■ クレナム氏の懐中時計に刻まれた「忘れるな」というメッセージ。

伏線

第1幕で、クライマックスの伏線をどう張るか？

サブプロット

　サブプロットでは主人公のちょっとした一面や、テーマに関わる側面を探究します。サブプロットとはストーリーと並んで進行する「ミニチュア」版のプロットです。プロットの中でコントラストをつける（メインプロットから離れて読者を休憩させる）ことと、プロットのメインの部分から離れた場でキャラクターを深く描き出す役割を担います。通常、サブプロットは第2幕でじゅうぶんに開花できるよう、作品の前半で語り始めておく必要があります。

　作品の前半で、どんなサブプロットを導入するかを考えましょう。次のそれぞれのカテゴリーについて、色々と考えてみて下さい。

（「サブプロット」『ストラクチャーから書く小説再入門』112-115頁）

エクササイズ

■ 恋愛のサブプロットは？

例

■ ホレイショ・ホーンブロワー艦長の「予想外」の結婚。

（セシル・スコット・フォレスター作『砲艦ホットスパー』）

エクササイズ

■ 仕事のサブプロットは？

例

■ 主人公エヴァ・ウォードが喫茶室で手伝いをする。

（スザンナ・カースリー作『The Rose Garden（未）』）

エクササイズ

■ 家族のサブプロットは?

例

■ 青年士官をめぐる、ベネット家のリディアとキティの関係。

（ジェーン・オースティン作『高慢と偏見』）

エクササイズ

■ 親友・相棒のサブプロットは?

例

■ ハリー・オズボーンのピーター・パーカーへの復讐。

（サム・ライミ監督『スパイダーマン2』2004年）

エクササイズ

■ 脇役キャラクターのサブプロットは?

例

■ 小動物のスクラットがドングリを探し求める。

（クリス・ウェッジ、カルロス・サルダーニャ共同監督『アイス・エイジ』2002年）

紹介が必要なキャラクターは?

　重要なキャストたちをどのタイミングで登場させるかは、ストーリーによって様々です。たいてい、第1幕が終わるまでに、主な人物を全員登場させておかなくてはなりません。主要なキャラクターであっても、ストーリーがかなり進むまで登場しないという例外もありますが（C.S.ルイス作『ナルニア国ものがたり──ライオンと魔女』のアスラン、エリザベス・ギャスケル作『妻たちと娘たち』のシンシアなど）、そうした場合も必ず、前もって計画を立てておく必要があります。不意に新しいキャラクターを登場させるのは、よい考えではありません。

　下の欄に、主要なキャラクターを全員、挙げておきましょう。

（「紹介が必要な人物は?」ほか『ストラクチャーから書く小説再入門』64-69頁）

エクササイズ

主人公

■ 年齢

■ 職業

■ 長所

■ 短所

■ 主な目的

■ このキャラクターをどう紹介するか?

敵対者

■ 年齢

✏ _____

■ 職業

✏ _____

■ 長所

✏ _____

■ 短所

✏ _____

■ 主な目的

✏ _____

■ 主人公とのつながり

✏ _____

■ このキャラクターをどう紹介するか？

✏ _____

恋愛対象

■ 年齢

✏ _____

■ 職業

✏ _____

■ 長所

✏ _____

■ 短所

✏ _____

■ 主な目的

✏ _____

■ 主人公とのつながり

✏ _____

■ このキャラクターをどう紹介するか？

✏ _____

親友・相棒

■ 年齢

■ 職業

■ 長所

■ 短所

■ 主な目的

■ 主人公とのつながり

■ このキャラクターをどう紹介するか？

メンター

■ 年齢

■ 職業

■ 長所

■ 短所

■ 主な目的

■ 主人公とのつながり

■ このキャラクターをどう紹介するか？

他の重要なキャラクター1

■ 年齢

■ 職業

■ 長所

■ 短所

■ 主な目的

■ 主人公とのつながり

■ このキャラクターをどう紹介するか？

他の重要なキャラクター2

■ 年齢

■ 職業

■ 長所

■ 短所

■ 主な目的

■ 主人公とのつながり

■ このキャラクターをどう紹介するか？

他の重要なキャラクター3

- ■ 年齢

  _____

- ■ 職業

  _____

- ■ 長所

  _____

- ■ 短所

  _____

- ■ 主な目的

  _____

- ■ 主人公とのつながり

  _____

- ■ このキャラクターをどう紹介するか?

  _____

他の重要なキャラクター4

- ■ 年齢

  _____

- ■ 職業

  _____

- ■ 長所

  _____

- ■ 短所

  _____

- ■ 主な目的

  _____

- ■ 主人公とのつながり

  _____

- ■ このキャラクターをどう紹介するか?

  _____

■ キャラクター全員の名前やニックネーム、コードネームなどを、頭文字のアルファベットに分けて挙げて下さい。同じ頭文字で始まる名称が多すぎないかを確かめておきましょう。

A	B	C	D
E	F	G	H
I	J	K	L
M	N	O	P
Q	R	S	T
U	V	W	X
Y	Z		

ストーリーに必要な5人のキャラクター

1 主人公　　2 敵対者　　3 親友・相棒　　4 メンター　　5 恋愛対象

1 主人公

- メインのキャラクター
- 敵対者の影響を最も大きく受ける
- アクションとリアクションでプロットの大部分を進展させる
- 読者が最も感情移入する
- 内面の旅路がテーマを表す

2 敵対者

- 主人公と直接的(または意図的)に対立する
- 主人公のプロット上の目的に対する主な障害物
- 主人公とは重要な共通点がある

3 親友・相棒

- 主人公を忠実に支える
- 主人公の目的に従う
- 主人公とは重要な点で違いがある

4 メンター

- 主人公の教師や補助者
- 冒険する主人公を守る
- 主人公に正しい道を示す
- 主人公のモラルの手本であり基準
- 主人公がモラルに沿っているかどうかによって、支援または反対をする

5 恋愛対象

- 主人公が恋する人物。本人もおそらく主人公が好き
- 主人公の内面と外側の旅路で変化を促す
- 主人公が目的を目指してコミットしているかどうかで応援または抵抗する

キャラクターを発見する

　時には運よく、素晴らしいキャラクターを自然に描ける場合があります。しかし、そうでない時は手間をかけ、好感が持てて面白いキャラクターに仕立てる作業が必要です。優れたキャラクターを描くための絶対的な公式はありません。ですが、小説や映画のキャラクターを分析して考察することは可能です。

　あなたが好きなキャラクターを空欄に列挙して下さい。なぜ好きなのかをよく考えて、そのキャラクターがあなたの心に訴える特徴を見つけましょう。簡潔な言葉で表すことができれば、その特徴を広く把握して活用もできます。ですから、できるだけ1語で表現するように努めて下さい。

（「人物を発見する」『ストラクチャーから書く小説再入門』61-64頁）

例

■ コーラ・マンロー：タフ、勇敢、忠実、心が広い

（マイケル・マン監督『ラスト・オブ・モヒカン』1992年）

■ エリザベス・ベネット：機知に富む、外向的、頑固、誠実

（ジェーン・オースティン作『高慢と偏見』）

■ ダニエル・ド・バルバラック：楽観的、威勢がいい、情熱的、理想が高い、倫理観がある

（アンディ・テナント監督『エバー・アフター』1998年）

■ スー・バーロウ：やさしい、勇敢、公平、寛大、冷静

（ケビン・コスナー監督『ワイルド・レンジ 最後の銃撃』2003年）

エクササイズ

■ キャラクターの名前は?

■ このキャラクターらしさを出す特徴は?

■ ストーリーの最初と最後を比べると、主人公はどのように変わっているか?

■ 主人公の性格や問題、恐れ、欠点を冒頭で示すために、
第1幕にどんな「ビフォー」のシーンが挿入できるか?

ステークの紹介

　第1幕でキャラクターを登場させたら、すぐにステークを示さなくてはなりません。つまり、彼・彼女らが何を大切に感じているかを描き、その大切なものを脅かす敵対勢力の存在を示し（あるいは、少なくとも、その存在をにおわせて）、これから深まっていく葛藤や対立の伏線を張るのです。

　ストーリーがある程度進んできたら、キャラクターに起こり得る最悪の事態を考え、それをさらに悪化させる必要が出てきます。どんな「最悪」の事態を起こすにしても、それを第1幕で設定しなくてはなりません。たとえば、あるキャラクターの娘が誘拐されるとしたら、本人にとって娘がいかに大切かを第1幕で読者に示しておきます。その描写がなければ、後で危機感を深めることなどできません。

　ストーリーのステークを見出し、しっかりと根付かせるために、次の質問に答えて下さい。

（「「危機に晒されている大切なもの（stakes）」の紹介」『ストラクチャーから書く小説再入門』71-74頁）

エクササイズ

■ 主人公が世界で一番大切にしているものは何か？

　🖉

■ 大切なものに心血を注いでいることを、どのように示す（見せる）ことができるか？

　🖉

■ その大切なものを、敵対勢力はどのように脅かすか？

　🖉

■ 主人公が大切にしているものを、敵対勢力が脅かす（または脅かす可能性がある）ことを、第1幕でどのように表すか？

　🖉

エクササイズ

■ 主人公に起こり得る最悪の出来事を10個挙げて下さい。

1.

2.

3.

4.

5.

6.

7.

8.

9.

10.

例

■ 脱走用のトンネルが看守たちに見つかってしまう。

(ジョン・スタージェス監督『大脱走』1963年)

■ 自分は誰にも愛されておらず、死んでも悲しむ者などいないことに気づく。

(チャールズ・ディケンズ作『クリスマス・キャロル』)

■ 自分を支えてくれていたオーストラリア人の戦争捕虜が磔刑にされるのを目の当たりにする。

(ネヴィル・シュート作『アリスのような町』)

■ どれがストーリーにとって最も面白いか?

■ それが、キャラクターが一番大切にしているものと合っているなら、その理由は?

舞台設定の紹介

　舞台設定を行き当たりばったりで選ぶのは避けましょう。執筆を始める前に、まず、プロットが求める舞台のタイプを考えて、読者の体験が最もパワフルになることを目指して下さい。内容と関係のない設定は、できるだけ避けること。

　舞台設定を効率的にまとめると、書き手も読者もストーリーの流れが追いやすくなり、作品の舞台をさらに深く感じられるようになります。さらに、重要な局面でその場に立ち返れば、テーマを共鳴させることもでき、ストーリーを完結させる上でも役立つでしょう。

　ストーリーの舞台設定について、次の質問に答えて下さい。

（「舞台設定の紹介」ほか『ストラクチャーから書く小説再入門』74-81頁）

エクササイズ

■ ストーリーを特徴づける舞台設定は?

例

■ 刑務所　（スティーヴン・キング作『刑務所のリタ・ヘイワース』）

■ 古代ローマ　（リドリー・スコット監督『グラディエーター』2000年）

■ はるか彼方の銀河系　（ジョージ・ルーカス監督『スター・ウォーズ エピソード4/ 新たなる希望』1977年）

エクササイズ

■ ストーリーの冒頭で描く「普通の世界」はどのようなものか?

例

■ のどかな田舎、イングランドのハンプシャー州メリトン　（ジェーン・オースティン作『高慢と偏見』）

■ 地球上の学校　（オースン・スコット・カード作『エンダーのゲーム』）

■ おばあさんの家の屋根裏　（ブラッド・バード監督『レミーのおいしいレストラン』2007年）

■ その「普通の世界」は、キャラクターが大切にしているもの（よって、ステークとなるもの）をどのように表しているか？

■ 第2幕でキャラクターが置かれる状況と、「普通の世界」とのコントラストはどのようなものか？

■ ストーリーの最初と最後で同じ場所、または対照的な場所を効果的に使えるか？

例

■ ダーリング家の屋敷 　（ジェームズ・マシュー・バリー作『ピーター・パン』）
■ マーティン一家が暮らす植民地 　（ローランド・エメリッヒ監督『パトリオット』2000年）
■ 第12地区 　（スーザン・コリンズ作『ハンガー・ゲーム』）

舞台設定チェックリスト

どんなストーリーにも**変えられない**舞台設定と、**変えてもいい**舞台設定があります。
変えられない舞台設定とは、シーンを展開させる場所が限定されている場合を指します。

例

- プロポーズを断った後でエリザベス・ベネットとフィッツウィリアム・ダーシー氏が再会するシーンは、ペンバリーにあるダーシー氏の豪華な屋敷でなくてはならない。

（ジェーン・オースティン作『高慢と偏見』）

- 史実に従うなら、アメリカ独立戦争の戦いは、サウスカロライナの特定の場所で展開させなくてはならない。

（ローランド・エメリッヒ監督『パトリオット』）

一方、変えてもいい舞台設定には、シーンを展開させる場所の制限がありません。

例

- ダーシー氏が初めてプロポーズをするのは応接間だが、違う場所でも展開できる。

（『高慢と偏見』）

- 軍の基地はどの場所に設定することも可能。

（『パトリオット』）

　変えてもいい設定でシーンを描く時は、必ず立ち止まって考えて下さい。面白い設定や意外性のあるものを加え、新たなレベルに引き上げることは可能でしょうか？　舞台設定を変えるだけで、シーンに深みが出たり、テンションを高めたり、予想外の角度でストーリーを語ったりできるかもしれません。

　ストーリーの舞台設定について、次の質問に答えて下さい。構成を立てながら、新しい舞台設定を追加するたびに、このセクションを見直しましょう。

（「舞台設定の選び方」『ストラクチャーから書く小説再入門』76-77頁）

エクササイズ

舞台設定1

■ 概要

■ 最初に登場するのは

☐第1幕　☐第2幕前半　☐第2幕後半　☐第3幕

　■ 前半で導入するなら、後半でどう再利用できるか？

　　後半で導入するなら、前半でどう伏線が張れるか？

　　☐変えられない設定　☐変えてもいい設定

　■ 変えてもいい設定の場合、変えられない設定のシーンと結合できるか？

　　☐はい　☐いいえ

　■ 結合できない場合、この舞台設定をできる限り面白くする方法を5つ挙げると？

　　1. _____

　　2. _____

　　3. _____

　　4. _____

　　5. _____

舞台設定2

■ 概要

　✎ _____

　_____

　_____

■ 最初に登場するのは

　□第1幕　□第2幕前半　□第2幕後半　□第3幕

　■ 前半で導入するなら、後半でどう再利用できるか？

　　後半で導入するなら、前半でどう伏線が張れるか？

　　✎ _____

　　_____

　　_____

　　□変えられない設定　□変えてもいい設定

　■ 変えてもいい設定の場合、変えられない設定のシーンと結合できるか？

　　□はい　□いいえ

　■ 結合できない場合、この舞台設定をできる限り面白くする方法を5つ挙げると？

　　1. ✎ _____

　　_____

　　2. ✎ _____

　　_____

　　3. ✎ _____

　　_____

　　4. ✎ _____

　　_____

　　5. ✎ _____

　　_____

舞台設定3

■ 概要

　✎

■ 最初に登場するのは
　□第1幕　□第2幕前半　□第2幕後半　□第3幕

　　■ 前半で導入するなら、後半でどう再利用できるか？
　　　後半で導入するなら、前半でどう伏線が張れるか？

　　　✎

　　　□変えられない設定　□変えてもいい設定

　　■ 変えてもいい設定の場合、変えられない設定のシーンと結合できるか？
　　　□はい　□いいえ

　　■ 結合できない場合、この舞台設定をできる限り面白くする方法を5つ挙げると？
　　　1. ✎

　　　2. ✎

　　　3. ✎

　　　4. ✎

　　　5. ✎

舞台設定4

■ 概要

　_____

　_____

　_____

■ 最初に登場するのは
　□第1幕　□第2幕前半　□第2幕後半　□第3幕

　■ 前半で導入するなら、後半でどう再利用できるか?
　　後半で導入するなら、前半でどう伏線が張れるか?

　　_____

　　_____

　　□変えられない設定　□変えてもいい設定

　■ 変えてもいい設定の場合、変えられない設定のシーンと結合できるか?
　　□はい　□いいえ

　■ 結合できない場合、この舞台設定をできる限り面白くする方法を5つ挙げると?
　　1. _____

　　2. _____

　　3. _____

　　4. _____

　　5. _____

舞台設定5

■ 概要

🖊

■ 最初に登場するのは

□第1幕　□第2幕前半　□第2幕後半　□第3幕

　■ 前半で導入するなら、後半でどう再利用できるか？

　　後半で導入するなら、前半でどう伏線が張れるか？

　　🖊

　　□変えられない設定　□変えてもいい設定

　■ 変えてもいい設定の場合、変えられない設定のシーンと結合できるか？

　　□はい　□いいえ

　■ 結合できない場合、この舞台設定をできる限り面白くする方法を5つ挙げると？

　　1. 🖊

　　2. 🖊

　　3. 🖊

　　4. 🖊

　　5. 🖊

舞台設定6

■ 概要

✎ _____

_____

_____

■ 最初に登場するのは
  □第1幕　□第2幕前半　□第2幕後半　□第3幕

  ■ 前半で導入するなら、後半でどう再利用できるか？
    後半で導入するなら、前半でどう伏線が張れるか？

    ✎ _____

    _____

    _____

    □変えられない設定　□変えてもいい設定

  ■ 変えてもいい設定の場合、変えられない設定のシーンと結合できるか？
    □はい　□いいえ

  ■ 結合できない場合、この舞台設定をできる限り面白くする方法を5つ挙げると？

    1. ✎ _____

    2. ✎ _____

    3. ✎ _____

    4. ✎ _____

    5. ✎ _____

舞台設定7

■ 概要

　🖊

■ 最初に登場するのは
　□第1幕　□第2幕前半　□第2幕後半　□第3幕

　■ 前半で導入するなら、後半でどう再利用できるか？
　　後半で導入するなら、前半でどう伏線が張れるか？

　　🖊

　　□変えられない設定　□変えてもいい設定

　■ 変えてもいい設定の場合、変えられない設定のシーンと結合できるか？
　　□はい　□いいえ

　■ 結合できない場合、この舞台設定をできる限り面白くする方法を5つ挙げると？
　　1. 🖊

　　2. 🖊

　　3. 🖊

　　4. 🖊

　　5. 🖊

キャラクターのパーソナルな環境

可能であれば、少なくとも1シーンは、主要なキャラクター自身のパーソナルな環境（家や寝室、オフィス、車など）で展開させましょう。早ければ早いほどベターです。他のキャラクターが初めてそこにやってくる時に、その場所を簡潔に描写して、重要なディテールをシーン全体に散りばめます。キャラクターはだらしないか、几帳面か？　裕福か、貧乏か？　興味の対象や趣味を、持ち物などのアイテムで表現できるか？　生い立ちや将来の夢を垣間見せるものはあるか？

ストーリーに登場する主要なキャラクターについて、その人物のパーソナルな環境がいかに性格を表すかを書いて下さい。

（「人物のパーソナルな環境を使う」『ストラクチャーから書く小説再入門』78-79頁）

エクササイズ

■ 主人公のパーソナルな環境はどのようなものか？

■ このキャラクターについて、本設定から明らかになることは？

■ この設定をストーリーにどう組み込めるか？

■ 敵対者のパーソナルな環境はどのようなものか？

■ このキャラクターについて、本設定から明らかになることは？

■ この設定をストーリーにどう組み込めるか？

■ 恋愛対象のパーソナルな環境はどのようなものか？

🖉

　■ このキャラクターについて、本設定から明らかになることは？

　🖉

　■ この設定をストーリーにどう組み込めるか？

　🖉

■ 親友・相棒のパーソナルな環境はどのようなものか？

🖉

　■ このキャラクターについて、本設定から明らかになることは？

　🖉

　■ この設定をストーリーにどう組み込めるか？

　🖉

■ メンターのパーソナルな環境はどのようなものか？

🖉

　■ このキャラクターについて、本設定から明らかになることは？

　🖉

　■ この設定をストーリーにどう組み込めるか？

　🖉

考えてみよう

ストーリーの中で重要な瞬間を5つリストアップして下さい。それぞれの隣に、舞台設定を書きます。さらに、その隣に、それらのシーンでキャラクターが抱く主な感情を書いて下さい。それぞれの舞台設定は、感情の表現にどう役立つでしょうか?

振り返ってみよう

1. じゅうぶんに魅力的なフックが仕掛けられたら、後はゆったり描いていけます。落ち着いてアクションを展開させ、キャラクターを丁寧に紹介しながら人物描写を深めていますか?

2. 主要なキャラクターの性格の特徴や動機、信念について、第1幕でよく描けていますか?

3. 第2幕でこまかい説明をしなくて済むように、舞台設定の要点を具体的にしましたか?

4. 第1幕の終わりまでに、読者がキャラクターとの絆を結べるようになっていますか?

5. 生じようとしている対立において、キャラクターはどんな打撃を受ける可能性があるかが第1幕で明らかになっていますか?

6. 第1幕の1つひとつのシーンはドミノ倒しのように連鎖し、プロットポイント1に向けて厳然と積み上げられていますか?

参考文献やウェブサイト

- "8 1/2 Character Archetypes You Should Be Writing," K.M. Weiland, https://www.helpingwritersbecomeauthors.com/8-%C2%BD-character-archetypes-writing/
- "Are You Utilizing Ugly Settings?" K.M. Weiland, https://www.helpingwritersbecomeauthors.com/are-you-utilizing-ugly-settings/
- "Defending Jacob: Interview with thriller author William Landay," Dorothy Thompson, https://www.helpingwritersbecomeauthors.com/SYNW-Landay[Not found]

第3章

プロットポイント1
適切な位置は?
ストーリー全体の25パーセント経過地点まで

　ストーリーは色々なシーンの連なりでできています。お約束として必要なシーンもあれば、意図的にくり返して強調するシーンもあります。そして、全体の流れを一変させるシーンも存在します。それがプロットポイントです。重要な要素が提示されたり、出来事が起きたりして、それ以降の流れが変わるのです。1つのストーリーの中で、プロットポイントはいくつあってもかまいません。比較的小さいものから、衝撃的なほどに大きなものまで、規模は様々です。プロットポイントのおかげでストーリーは前進。嵐を巻き起こし、対立や葛藤の新鮮さを保ちます。キャラクターたちも、停滞とは無縁になるでしょう。

　プロットポイント1（ストーリー全体の25パーセント経過地点）は、最初の設定紹介が終わり、キャラクターにとってすべてが変わる瞬間です。ここでの出来事に対してキャラクターはすぐさま強い**リアクション**を示し、後戻りができない状態になります。プロットポイント1の到来で第1幕は終わり、キャラクターのリアクションと共に第2幕が始まります。ある意味で、プロットポイント1は第1幕のクライマックスと言えるでしょう。

インサイティング・イベントとキー・イベント

　ストーリーの最初の4分の1では、2つの重要な瞬間が鍵となります。その2つの瞬間とは、「インサイティング・イベント」と「キー・イベント」。どちらもプロットポイント1に直接的に影響を及ぼします。インサイティング・イベントは**プロットを始動させる出来事**。キー・イベントは**主人公をプロットに引き込む出来事**です。

　インサイティング・イベントで、ストーリーは本格的に始まります。ですが、キャラクターがそれに関与し始めるのは、キー・イベントが起きた時です。

例

■ インサイティング・イベント: 謎の女が私立探偵スペードの相棒アーチャーを雇う。
　キー・イベント: アーチャーが殺され、警察はスペードを疑う。

(ダシール・ハメット作『マルタの鷹』)

■ インサイティング・イベント: 意識不明の男性ボーンが海で漁船に救助される。
　キー・イベント: 何者かが彼を殺そうとする。

(ロバート・ラドラム作『ボーン・アイデンティティ』)

■ インサイティング・イベント: 老兄妹のマシューとマリラは男の子を養子に迎えようと決める。
　キー・イベント: 二人は女の子を引き取って育てようと決心する。

(L.M.モンゴメリ作『赤毛のアン』)

　これらを第1幕のどこに配置するかは自由ですが、インサイティング・イベントは第1幕の真ん中あたり、キー・イベントはプロットポイント1にするのが賢明です。というのも、第1幕の「普通の世界」で過ごすキャラクターが、もはや「普通の世界」にい続けられないほどの何かを、プロットポイント1で体験するからです。インサイティング・イベントは必ず、キー・イベントの前に起こります。

　インサイティング・イベントとキー・イベントについて、次の質問に答えて下さい。

(「「インサイティング・イベント」と「キー・イベント」」ほか『ストラクチャーから書く小説再入門』89-94頁)

エクササイズ

■ 実際にプロットが始動するきっかけとなる出来事は何か？（これがインサイティング・イベントです）

■ どんな出来事をきっかけに、主人公はプロットに関わるようになるか？（これがキー・イベントです）

■ 第1幕の終わりでストーリーの焦点を切り替えさせる出来事として、何が起きるか？（これがサブプロット1です。なお、ここでの答えは上のキー・イベントと同じである場合もあります）

■ この出来事に対して、キャラクターは後戻りができないような決断をする。どのような決断か？

例

■ 孤児のジェーン・エアはソーンフィールド邸での家庭教師を請け負う。

（シャーロット・ブロンテ作『ジェーン・エア』）

■ 主人公ジョージ・ベイリーは父の会社の後継者となる。

（フランク・キャプラ監督『素晴らしき哉、人生!』1946年）

エクササイズ

■ キャラクターが「普通の世界」を離れるのは、どの時点か?

✎ _____

_____

_____

■ キャラクターが入っていく「新しい世界」とは、どんな世界か?

✎ _____

_____

_____

■ キャラクターが同じ場にい続ける場合、キャラクターの周囲ではどんな変化があるか?

✎ _____

_____

_____

例

■ ルーク・スカイウォーカーが砂漠の惑星タトゥイーンを出る。

(ジョージ・ルーカス監督『スター・ウォーズ　エピソード4/新たなる希望』)

■ 幼女ブーがモンスター・ワールドに入り込み、混乱が巻き起こる。

(ピート・ドクター監督『モンスターズ・インク』2001年)

サブプロット

プロットポイント1はサブプロットにどんな影響を与えるか？

■ サブプロット1

■ サブプロット2

■ サブプロット3

伏線

プロットポイント1のヘビーな伏線を序盤のどこで、どのように張ったか？

プロットポイント1の直前に、ライトな伏線を張ったか？

（用語の定義は本書28-29頁で確認して下さい）

インサイティング・イベントと
キー・イベントの例

エミリー・ブロンテ作
『嵐が丘』
インサイティング・イベント：
アーンショウ氏がヒースクリフを家に迎える。
キー・イベント：
キャシーがリントン家で静養することになり、ヒースクリフと離ればなれになる。

ジョージ・ルーカス監督
『スター・ウォーズ エピソード4/新たなる希望』
インサイティング・イベント：
ルークのおじがドロイドを購入する。
キー・イベント：
ルークのおじとおばが殺される。

ジョン・スタージェス監督
『大脱走』
インサイティング・イベント：
捕虜たちが収容所に到着する。
キー・イベント：
捕虜たちは脱走するため、最初のトンネルを掘る。

マリッサ・メイヤー作
『CINDER──シンダー』
インサイティング・イベント：
シンダーが感染症の保菌者になる。
キー・イベント：
シンダーの腹違いの姉が感染症にかかって隔離される。

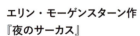

エリン・モーゲンスターン作
『夜のサーカス』
インサイティング・イベント：
賭けがなされる。
キー・イベント：
サーカスの幕が開き、対決が始まる。

リドリー・スコット監督
『グラディエーター』
インサイティング・イベント：
マキシマスが帝位の後継者に指名される。
キー・イベント：
皇帝の息子がマキシマスを処刑しようとする。

考えてみよう

好きなストーリーをいくつか思い浮かべてみて下さい。プロットポイント1はどこかわかりますか？　それぞれのストーリーで、キャラクターの「普通の世界」がどのように揺らぎ、どんな対応に迫られるかを書いて下さい。

振り返ってみよう

1. 全体の25パーセント経過地点あたりにプロットポイント1がありますか？
2. どのようにして、プロットポイント1の出来事はすべてを変え、主人公のターニングポイントとなりますか？
3. プロットポイント1を通過すると、もうストーリーは前の状態には戻りません。それに合わせて、キャラクターの周囲（環境の物理的な面や脇役キャラクター）も変化するでしょうか？
4. 主人公はプロットポイント1に強く反応し、取り返しがつかないことになります。具体的には？
5. ストーリーの最初の4分の1の中でインサイティング・イベントとキー・イベントが起きていますか？
6. インサイティング・イベントの後でキー・イベントが起きていますか？
7. キー・イベントをきっかけに、主人公はどのようにしてプロットに関わるようになりますか？

参考文献やウェブサイト

- "Plot Points and the Inciting Incident," James Hull, https://www.narrativefirst.com/articles/plot-points-and-the-inciting-incident/
- "5 Ways to Maximize Your Story's Inciting Event," K.M. Weiland, https://www.helpingwritersbecomeauthors.com/maximize-your-storys-inciting-event/
- "How to Tell if Your Story Begins Too Soon," K.M. Weiland, https://www.helpingwritersbecomeauthors.com/how-to-tell-if-your-story-begins-too/
- "The Moment That Makes or Breaks Your Story," Larry Brooks, https://www.storyfix.com/the-moment-that-makes-or-breaks-your-story
- "Something to Get Inciting About: The Inciting Event," Janice Hardy, http://blog.janicehardy.com/2011/01/something-to-get-inciting-about.html

第4章

第2幕の前半

適切な位置は？
ストーリー全体の25パーセント経過地点から
50パーセント経過地点まで

　第2幕はストーリー全体の約50パーセントを占める、分量的には最も大きな部分です。「第2幕の前半」と「ミッドポイント」、「第2幕の後半」の3つに分けて眺めていきましょう。
　ストーリーの創作は、どの部分にもそれ相応の難しさがありますが、第2幕ほど悩ましいものはないでしょう。書き出しや結びの部分には多くの創作指南書が提示する明確なチェックリストがありますが、ストーリーの中盤にはそのような指針がありません。キャラクターをただひたすら結末へと向かわせる他はない、と心細く感じる時もあるでしょう。しかし、構成に注目すれば、中盤には中盤のチェックリストがあることがわかります。

プロットポイント1へのリアクション

第2幕の前半には、プロットポイント1に対するキャラクターの**リアクション**を描くための時間とスペースがあります。ここではキャラクターが以前の自分に戻れなくなるような、決定的なリアクションをします。このリアクションは次から次へと連鎖的にリアクションを生み、第2幕が始動します。

第2幕の前半を作るには、まず、プロットポイント1に対する主人公のリアクションを列挙しましょう。

(「第2幕前半」ほか『ストラクチャーから書く小説蔵入門』97-103頁)

エクササイズ

■ 第2幕での新しい、あるいは変化した舞台に対する主人公のリアクションは?

■ ストーリー全体の目的はプロットポイント1で危機に陥った。それに対する主人公のリアクションは?

■ プロットポイント1の余波を受け、主人公はどのように目的を変更するか?

■ 今、主人公は敵対者からのプレッシャーに対して、どのようにリアクションしているか?

■ 現在、敵対者との葛藤や対立関係において、主人公はなぜ不利か?

■ 現在、敵対者はどのような方法で、葛藤や対立を支配しているか?

第2幕の前半全体でのリアクション

　第2幕の前半は、ミッドポイントまでの部分です（ストーリー全体の4分の1程度）。この中で主人公がとるアクションはみな、本質的には、出来事に対するリアクションだと言えます。主人公は事態を立て直そうとしており、この先の見通しを得ようとしているのです。

　第2幕の前半の始まりは、プロットポイント1の直後です。主人公はプロットポイント1での出来事に強く反応し、変化の必要に迫られます。それに対して敵対勢力が反応すると、主人公もまたそれに反応します。このサイクルはミッドポイントに至るまで、必要な回数とバリエーションでくり返されます。

　第2幕の前半で主人公が行う色々なアクションについて、以下の質問に答えて下さい。

エクササイズ

■ 主人公は葛藤や対立に対して（意図的に、あるいは知らずしらずのうちに）どんな備えを始めるか？

■ 主人公はこれまでに登場した／伏線を張ったキャラクターたちの中の誰と、関係を深めていくか？

■ 主人公の葛藤や対立についての理解はまだ浅い。そのために、事態はどのように複雑化するか？

■ 主人公はどんな新しい情報を得るか？

■ 主人公はどんな秘密を明らかにするか？

■ 主人公の方向性（進路）は、どういった面で正しいか？

■ 主人公の方向性（進路）は、どういった面で誤っているか？

サブプロット

第2幕前半で、サブプロットはどのように進展するか?

■ サブプロット1

■ 主人公（またはサブプロットの中心人物）はどのようなリアクションをとっているか?

■ サブプロット2

■ 主人公（またはサブプロットの中心人物）はどのようなリアクションをとっているか?

■ サブプロット3

■ 主人公（またはサブプロットの中心人物）はどのようなリアクションをとっているか?

ピンチポイント1
適切な位置は？
ストーリー全体の37パーセント経過地点

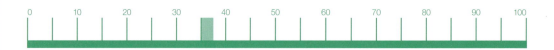

　第2幕の前半が半分経過した頃（ストーリーが全体の8分の3を経過した頃）に、キャラクターは「ピンチポイント1」に遭遇します。ここは敵対者が読者（と、おそらく主人公）に力を示し、どれほど手ごわいかを見せつけるところです。これが伏線となり、ミッドポイントで主人公が作戦を変える時にも、読者は敵対者の力を思い出すでしょう。クライマックスに向けても危機感を高めることができます。ですから、ピンチポイントの焦点はサブプロットではなく、ストーリーの中心となる葛藤や対立に当てましょう。

　ピンチポイント1について、下記の問いに答えて下さい。

（「ピンチポイント1」ほか『ストラクチャーから書く小説薦入門』99-103頁）

エクササイズ
■ 敵対者の強さや支配力を示す出来事として、ストーリー全体の8分の3が経過したあたりで何が起きるか？

例

- エリザベスはダーシー氏の叔母の屋敷で、再び彼に遭遇する。
  （ジェーン・オースティン作『高慢と偏見』）

- 名将ダリナルは王の暗殺未遂への関与を疑われ、馬の鞍の腹帯を切った犯人が誰かを調査すると聞かされる。 （ブランドン・サンダースン作『王たちの道』）

- ダース・ベイダーは皇帝から、ルーク・スカイウォーカーを新たな敵とするよう命じられる。 （アーヴィン・カーシュナー監督『スター・ウォーズ エピソード5/帝国の逆襲』1980年）

エクササイズ

- この出来事が、ストーリーの中心となる葛藤や対立に及ぼす影響は？

- このシーンに主人公は登場するか（または、敵対者の主観で主人公のことが語られるか）？

- このシーンに敵対者は登場するか（または、主人公が敵対者の存在を「感じている」だけか）？

- この出来事によって、主人公は葛藤や対立の本質への理解をどう深めるか？

- この出来事によって、主人公は翻弄されるだけの状態から、どのように脱却するか？

考えてみよう

プロットポイント1に対する主人公のリアクションを5種類考えて下さい。主人公がそれらのリアクションをした場合、第2幕の前半は、どのように変わるでしょうか？　また、ストーリー全体の流れはどう変わりますか？

振り返ってみよう

1. プロットポイント1での出来事に、キャラクターたちはすぐに、はっきりとリアクションをしていますか？

2. 第2幕の前半で、主人公は次のそれぞれにどう対処しますか？
   a.主な敵対勢力に対して　b.周囲の世界全般に対して

3. 第2幕の前半全体の中で、主人公のリアクションはバラエティに富んでいますか？

4. 第2幕の前半で、主人公のリアクションはいかにプロットを前進させ、シーンとサブプロット、テーマを深く編み込んでいきますか？

5. 第3幕の最終決戦で必要となるスキルやアイテムのうち、ここで主人公が手に入れるものは何ですか？

6. ピンチポイント1で、主人公は敵対者からどんなプレッシャーをかけられますか？

参考文献やウェブサイト

- "Action and Reaction in Plot: The Building Blocks of Story Structure," K.M. Weiland, https://www.helpingwritersbecomeauthors. com/2013/08/action-reaction-building-blocks-story-structure

- "Visceral Reactions: Emotional Pay Dirt or Fast Track to Melodrama?" Angela Ackerman, https://www.helpingwritersbecomeauthors. com/2012/05/visceral-reactions-emotional-pay-dirt

- "Action and Reaction in Scene Structure: The Two Pistons Powering Your Story," K.M. Weiland, https://www.helpingwritersbecomeauthors. com/2011/11/posts-9

- "How to Prevent Saggy Middle Syndrome Using Story Structure," K.M. Weiland, https://www.helpingwritersbecomeauthors.com/2013/08/ story-structure-prevents-saggy-middle-syndrome

第5章

ミッドポイント
適切な位置は?
ストーリー全体の50パーセント経過地点

　第2幕が半分過ぎたあたりで、何かすごいことが起こります。砂漠のような第2幕をひたすら進んでいると、バ、バ、バン！と、すべてが再び大転換。『ワイルドバンチ』(1969)や『わらの犬』(1971)などを監督した名匠サム・ペキンパーは、ストーリーの中心点となる「センターピース」を必ず探すと語っています。そのセンターピースこそ、2つめの大きなプロットポイントである「ミッドポイント」です。ミッドポイントは第2幕の前半と後半を隔てる分水嶺のようなものです。

　ミッドポイントは第2幕が退屈になるのを防ぎます。前半のリアクションモードを終わらせて、アクションの連鎖を引き起こし、第3幕へとキャラクターを押し進めていくのです。様々な点で、ミッドポイントは第2のインサイティング・イベントだと言えるでしょう。両者の共通点は、プロットに直接的な影響を及ぼすこと。そして、物語の局面を変えること。さらに、キャラクターに決定的なリアクションをさせて、ストーリーの流れを変えることです。最も大きな違いは、ミッドポイントでのキャラクターは、ただリアクションをしているだけではない、ということ。自ら主導権を握り、敵対勢力に対して働きかけ始めるのです。

ストーリーのミッドポイント

　ドミノ倒しにたとえると、ミッドポイントはドミノの列がくるりと向きを変えて倒れ始めるポイントです。第2幕前半でのリアクションの連鎖が終わり、新たな角度へ進み出すのです。これはストーリーの中で大きな瞬間であり、要となるシーンです。それまでのシーンの流れと辻褄が合っていると同時に、劇的なまでに新しく、以前に提示したいかなるものとも異なっている必要があります。

　ストーリーのミッドポイントについて、以下の質問に答えて下さい。

（「ミッドポイント」ほか『ストラクチャーから書く小説再入門』103-107頁）

エクササイズ

■ ストーリーのちょうど真ん中で起きる、大きな出来事は何か？

例

■ 主人公たちが捕まる。　（ジム・ブッチャー作『Furies of Calderon（未）』）

■ 盗賊たちと戦う。　（ジョン・スタージェス監督『荒野の七人』1960年）

■ 重要なキャラクターが死ぬ。　（パール・バック作『ドラゴン・シード──大地とともに生きた家族の物語』）

エクササイズ

■ その出来事がストーリーのミッドポイントだとすると、それをエキサイティングに、彩り豊かに、ドラマチックにするにはどのような方法が適切か?

■ その出来事は、敵対者についての主人公の認識をどう変えるか?

■ その出来事は、葛藤や対立についての主人公の認識をどう変えるか?

■ その出来事は、主人公の自己認識をどう変えるか?

■ ただリアクションをするだけだった主人公は、このミッドポイントでの出来事と気づきによって、いかに自発的かつ積極的に葛藤や対立に立ち向かうようになるか?

サブプロット

ミッドポイントは、どんな新しい理解を主人公（または、サブプロットの中心人物）にもたらすか？

■ サブプロット1

✐

　■ その新しい理解は、ミッドポイントでの気づきから直接、あるいは間接的に生まれるか？　具体的には？

　　✐

■ サブプロット2

✐

　■ その新しい理解は、ミッドポイントでの気づきから直接、あるいは間接的に生まれるか？　具体的には？

　　✐

■ サブプロット3

✐

　■ その新しい理解は、ミッドポイントでの気づきから直接、あるいは間接的に生まれるか？　具体的には？

　　✐

伏線

ミッドポイントよりも前の部分で、ヘビーな伏線をどこで、どのように張ったか?

考えてみよう

あなたが好きなストーリーをいくつか思い出してみて下さい。ミッドポイントはどこでしょうか？　それらのミッドポイントで、キャラクターはどのように自己や葛藤、対立についての気づきを得るかを列挙しましょう。

振り返ってみよう

1. ミッドポイントはストーリー全体のちょうど真ん中あたりに位置していますか？
2. それまでの色々なシーンと比べて、ミッドポイントはどういった点で劇的なまでに新鮮ですか？
3. ミッドポイントでの出来事は、それまでの流れに沿って自然に起きますか？
4. ミッドポイントは主人公自身の変化を引き起こしますか？
5. ミッドポイントで、キャラクターはいかに現状を打破し、葛藤や対立を自分でコントロールするようになりますか？

参考文献やウェブサイト

- "The Mirror Moment: A Method for Both Plotters and Pantsers," James Scott Bell, https://helpingwritersbecomeauthors.com/2014/03/plotters-and-pantsers
- "A Matter of Timing: Positioning Your Major Plot Points Within Your Story," K.M. Weiland, https://www.helpingwritersbecomeauthors.com/matter-timing-positioning-major-plot-points-within-story/
- "What Are Plot Points?" K.M. Weiland, https://www.helpingwritersbecomeauthors.com/2013/08/plot-points
- "10 Ways Plot Structure Influences Character Arc," K.M. Weiland, https://www.helpingwritersbecomeauthors.com/2013/08/10-ways-plot-structure-influences-character-arc
- "Beating the Sloggy, Saggy, Soggy Middle," Heather Webb, https://https://heatherwebbauthor.com/2013/08/23/beating-the-sloggy-saggy-soggy-middle/

第6章

第2幕の後半
適切な位置は？
ストーリー全体の50パーセント経過地点から
75パーセント経過地点まで

　第2幕の後半で、プロットは本格的に躍動し始めます。ミッドポイントで決断をした主人公は、リアクションからアクションへとモードを切り替えるのです。キャラクター自身はまだはっきりと自覚できていなくても、たいてい気づきを得ています。ミッドポイントで新たな自己を見出し、自分の力を試そうとするでしょう。まだ内面に問題を抱えていますが、少なくともそれに対処しようとするか、問題を抱えながらも前進しようとします。

　第2幕の後半からは、第3幕の盛り上がりへと向かいますから、まだ見せていない駒を登場させる最後のチャンスです。そうしてストーリーのドミノを並べ、全体の75パーセント経過地点にプロットポイント2を配置します。このドミノの列を作るために、主人公のアクションを連ねていって下さい。

　主人公はまだ状況をコントロールできていないかもしれませんが、敵対勢力にされるがままではありません。前向きに、自分でいくつかの試みをします。

ミッドポイント後のアクション

　第2幕の後半は主人公の力強いアクションで始まります。ミッドポイントの衝撃から立ち上がって歯を食いしばり、相手に対して反撃します。

　第2幕の後半での一連のアクションは、前半でのリアクションを鏡のように映し出します。もちろん、第2幕の後半でもキャラクターはリアクションをするでしょう（書き方によっては、アクションとリアクションがほとんど渾然一体となって見える時もあります）。ただ、これらのリアクションは防御よりも、目的意識の方を強く感じさせます。まだ運命に翻弄されてはいますが、少なくとも、自分の不安定な状態に対して何かをしようとしています。

　ミッドポイントに対する主人公のリアクションについて、以下の質問に答えて下さい。

（「第8章　第2幕の後半」『ストラクチャーから書く小説再入門』108-119頁）

エクササイズ
- ミッドポイントの後で、主人公が葛藤や対立に打ち勝とうとする決意は、なぜ、どのように、強くなるのか？

例
- 貴族に対する攻撃を激化させる。　　　　　　　　　　（ブランドン・サンダースン作『ミストボーン』）

- 短剣についての真実を探る。（マイク・ニューウェル監督『プリンス・オブ・ペルシャ／時間の砂』2010年）

- 市民軍を再編成する。　　　　　　　　　　　　　　　（ローランド・エメリッヒ監督『パトリオット』）

80

エクササイズ

■ 結果的に、主人公が下す決断は?

■ ストーリーの後半に入る時、主人公はどんな力強いアクションをするか?

■ どのように、主人公の意識は防御から攻撃へと転じるか?

■ ミッドポイントの後、第2幕の残りの部分で主人公が取り得るアクションを列挙すると?

■ 主人公の新たな働きかけに対して、敵対者はどう反応するか?

■ 主人公は第2幕の終わりまでに、部分的または明らかに、どのような勝利を収めるか?

■ 勝利したかに思える体験によって、キャラクターはストーリーの中で目指す目的（地）にどれくらい近づくか?

主人公の変化

　キャラクターたちは変化せず、周囲の世界が変化する様子を描いて主張を伝えるストーリーもあります。ですが、ほとんどのストーリーでは、キャラクターに次々と試練を与え、苦難を経て真実を見出すようにします。キャラクターは出来事にただ反応するだけの状態から、積極的にアクションをする状態へと変化します。

　ストーリーの原動力はキャラクターアーク、つまり、人が人として成長する軌跡にあります。ストーリーが後半に差しかかったら、類似した状況に対してキャラクターが、前と同じような反応をしていないかどうかに気をつけましょう。同じような反応を続けていれば、ストーリーは勢いを失います。

　下記の質問に答えながら、セルフチェックをして下さい。

エクササイズ

■ 主人公はストーリーの前半で学んだことを、行動にどう反映するか？

■ ストーリーの後半で、主人公はどんな新情報を得るか？

　■ 主人公はどんな秘密の真相を明らかにするか？

■ ストーリーの中のこの時点で、主人公の方向性（進路）はどれくらい正しいか？

　■ 上記の答えは、ストーリーの前半での答えと比べて、どう異なっているか（68頁）？

83

■ ストーリーの中のこの時点で、主人公の方向性（進路）はどれくらい間違っているか？

■ 上記の答えは、ストーリーの前半での答えと比べて、どう異なっているか（68頁）？

サブプロット

第2幕の後半で、サブプロットはどのように進展するか？

■ サブプロット1

　■ 主人公（またはサブプロットの中心人物）はどのように積極的な役割を担うようになるか？

■ サブプロット2

　■ 主人公（またはサブプロットの中心人物）はどのように積極的な役割を担うようになるか？

■ サブプロット3

　■ 主人公（またはサブプロットの中心人物）はどのように積極的な役割を担うようになるか？

ビフォー＆アフター
キャラクターはストーリーでどう変わるか

ダグラス・マクグラス監督『Emma エマ』（1996年）
ビフォー：
独身主義、恋の仲介役、友人たちの仲裁をする
アフター：
恋に落ちる、恋の仲介の失敗を認める、友人を傷つけたことを後悔する

マイケル・カーティス監督『カサブランカ』（1942年）
ビフォー：
失恋で傷心、他人の問題には干渉しないという決意、酒浸り
アフター：
人を許す、失恋を受け入れる、大義のために戦う

アルフォンソ・キュアロン監督『大いなる遺産』（1998年）
ビフォー：
無学、人生は不公平だと感じる、愛してくれる人々を傷つける
アフター：
常識を身につける、謙虚になる、傷つけた人々に許しを請う

フランク・キャプラ監督『素晴らしき哉、人生！』（1946年）
ビフォー：
大志を抱く、小さな町が退屈、責任に囚われている
アフター：
自分がしてきたことの意味に気づく、家族や友人の大切さを知る、人助けの能力を尊ぶ

バズ・ラーマン監督『華麗なるギャツビー』（2013年）
ビフォー：
田舎の青年、世間知らず、人々に憧れる
アフター：
富裕層の実態を知る、厭世的になる、人々を冷笑する

ピンチポイント2
適切な位置は？
ストーリー全体の62パーセント経過地点

　第2幕の後半が半分ほど進んだら（ストーリー全体の、およそ8分の5経過地点）、ピンチポイント2を配置します。ピンチポイント1と同様に、敵対勢力の様子、あるいは敵対勢力が招いた事象などを描き、主人公を打ち負かす可能性の高さや手強さを示しましょう。危機感を高め、主人公と敵対者の最終決戦の伏線となる点でも、ピンチポイント1と同じ機能を担っています。
　ピンチポイント2を明確にするために、以下の質問に答えて下さい。

（「ピンチポイント2」『ストラクチャーから書く小説再入門』111-112頁）

> **エクササイズ**
> ■ 敵対者の威力と支配力を強調する出来事は？
> ✎ _____
> _____

> **例**
> ジェーンは結婚式用のベールを幽霊に切り裂かれる夢を見る。
> 　　　　　　　　　　　　　（シャーロット・ブロンテ作『ジェーン・エア』）
>
> ダース・ベイダーが賞金稼ぎを呼び寄せる。
> 　　　　　　　（アーヴィン・カーシュナー監督『スター・ウォーズ　エピソード5／帝国の逆襲』）
>
> 月に住む王女が地球侵略を企てていることがわかる。
> 　　　　　　　　　　　　　　　（マリッサ・メイヤー著『CINDER──シンダー』）

エクササイズ

■ この出来事は、ストーリーの中心となる葛藤や対立に、どんな影響を及ぼすか？

■ 主人公はこのシーンに登場するか（または、敵対者の主観で語られるか）？

■ 敵対者はこのシーンに登場するか（または、主人公が敵対者の存在を感じていることだけを描写するか）？

■ 敵対者が主人公に勝る力や才能を持つことは、この出来事でどう強調されるか？

■ この出来事は、最終決戦について、どのような伏線を張るか？

■ この出来事によって、主人公はどのように、受け身の姿勢からの脱却を進めるか？

■ この出来事によって、主人公の危機感はどう高まるか？

考えてみよう

キャラクターが力を発揮し始めていることを、ただ記述するだけでは不十分です。ストーリーの前半で、キャラクターは思い違いや理解不足に基づいてリアクションをしていました。それとは正反対のアクションを3つ考え、コントラストをつけて下さい。

振り返ってみよう

1. 主人公は第2幕の後半で、どのようなアクションをしますか?
2. 主人公は葛藤や対立、敵対者についての無知を克服することにより、葛藤や対立をどのように積極的にコントロールできるようになりますか?
3. ピンチポイント2で、敵対者の存在と力は、どのように再び示されますか?
4. 第2幕の後半で、キャラクターはどんな気づきを得ますか?
5. 主人公が抱える色々な問題のうち、第2幕の後半で解決するのはどれですか?
6. 内面および外側にある色々な問題の中で、第3幕で初めて解決されるものは何ですか?
7. 第2幕の後半で解決する問題は、葛藤や対立の根底にある真実の掘り起こしや焦点の絞り込みに、どう役立ちますか?

参考文献やウェブサイト

- "3 Ways to Add Repetition That Pleases Readers," Elizabeth Spann Craig, https://www.helpingwritersbecomeauthors.com/2013/05/3-ways-to-add-repetition-that-pleases
- "Two Surefire Symptoms of Static Character," K.M. Weiland, https://www.helpingwritersbecomeauthors.com/2012/01/two-surefire-symptoms-of-static
- "It's What Your Characters Do That Defines Them," K.M. Weiland, https://www.helpingwritersbecomeauthors.com/2009/08/its-what-your-characters-do-that[Not found]
- "How the Antagonist Affects Character Arc," K.M. Weiland, https://www.helpingwritersbecomeauthors.com/2013/12/antagonist-affects-character-arc
- "Second Act Problems," Steven Pressfield, https://www.stevenpressfield.com/2010/06/second-act-problems/

第7章

第3幕
適切な位置は?
ストーリー全体の75パーセント経過地点から
100パーセント地点まで

　第3幕はストーリー全体の最後の4分の1程度、または書き出しから75パーセント経過地点から結末までの部分です。第3幕でなすべきことを考えると、分量としては比較的少ないと感じるかもしれません。第1幕や第2幕に比べて、第3幕は速いペースで進みます。限られた時間とスペースの中で、結末までに示すべき事柄をすべて描かなくてはならないからです。

　キャラクターが一堂に会するようにし、それぞれのサブプロットを終わらせ、伏線も回収します。主人公と、敵対者がいれば敵対者の思惑が最終的にどうなったかも描きます。主人公は内面の弱さと向き合い、敵対勢力との最終的な衝突を経てキャラクターアークを完成させます。その後、余韻を残してすべてが終わります。

　それらのすべてを、ストーリー全体の中の、たった25パーセントの分量で成し遂げなくてはなりませんから、無駄のない筆運びを心がけましょう。第3幕は構成の効果が如実に表れるところです。第1幕と第2幕で登場したピースはすべて、フィナーレへの基礎となるように配置して下さい。

プロットポイント2

　第3幕は、キャラクターの人生を再び激変させるプロットポイントで始まります。プロットポイント1やミッドポイントよりも大きく主人公を突き動かして、クライマックスの最終決戦へと向かわせます。ドミノの列は直線になり、主人公はまっしぐらに対決へと進むのです。第3幕では重要なシーンが多数展開しますから、プロットポイント2は他のプロットポイントに比べて、あまり目立たないかもしれません。しかしながら、それらと同じように確固とした推進力が必要です。

　そこでキャラクターは「ロー・ポイント」に陥ります。世界で一番手に入れたいものまであと一歩、というところでそれを逃し、前よりもさらに落ち込みます。キャラクターは燃え尽きて灰になったところから立ち上がり、クライマックスへ。自らの内面のすべてを受け入れて、バトルに挑みます。主人公が立ち上がるべき局面こそ、プロットポイント2なのです。

　以下の質問に答えてプロットポイント2を強化して下さい。

（「プロットポイント2」『ストラクチャーから書く小説再入門』122頁）

エクササイズ

■ 勝利を収めたかのように見える主人公は、どのような出来事に見舞われるか？

例

■ 秘密結社の首領ラーズ・アル・グールはゴッサムシティを破壊すると宣言し、ブルース・ウェイン／バットマンの屋敷に火を放って立ち去る。

（クリストファー・ノーラン監督『バットマン・ビギンズ』2005年）

■ 少女マティは父を殺した男トム・チェイニーを見つけるが、ネッド・ペッパー率いる悪党たちに捕らえられてしまう。

（チャールズ・ポーティス作『勇気ある追跡』）

■ 英国中産階級の令嬢ルーシーは、イタリア旅行で出会った青年との衝動的な恋の出来事が、ミス・ラビッシュの小説に書かれていることを知る。

（E・M・フォースター作『眺めのいい部屋』）

エクササイズ

■ プロットポイント2で、キャラクターはどのような敗北を喫するか?

■ この局面は、主人公の欠点や短所によって、いかに招かれたのか?

■ 主人公は自分が目指す大きな目的（地）に対して、どのような疑問を抱くか?

■ 主人公は自己や自己の能力、モチベーションについて、どのような疑問を抱くか?

■ 主人公はどのような気づきを得るか?

■ 気づきを得た主人公は、どのような決断をするか?

■ 何が動機となって、主人公は再び葛藤や対立に立ち向かうのか?

■ この「死／再生」の局面の後で、主人公はどのように変化するか?

サブプロット

プロットポイント2はいかに主人公（またはサブプロットの中心人物）に新しい理解をもたらすか？

■ サブプロット1

✎ _____

_____

　■ この新しい理解はプロットポイント2での気づきから直接、あるいは間接的に生まれるか？

　　✎ _____

　　_____

　　_____

■ サブプロット2

✎ _____

_____

　■ この新しい理解はプロットポイント2での気づきから直接、あるいは間接的に生まれるか？

　　✎ _____

　　_____

　　_____

■ サブプロット3

✎ _____

_____

　■ この新しい理解はプロットポイント2での気づきから直接、あるいは間接的に生まれるか？

　　✎ _____

　　_____

　　_____

伏線

プロットポイント2についてのヘビーな伏線をどこで、どのように張ったか?

プロットポイント2の直前に、ライトな伏線をどのように張ったか?

プロットポイント2の後

　キャラクターと変化。それがストーリーの核心です。書き手は、キャラクターに旅をさせ、そのキャラクターの人生を変えるのです。それは通常、よい変化です。そのキャラクターは、第1幕では満足な状態ではなく、おそらく停滞していたでしょう。自分の価値観や信念が枷となり、本当に必要なものが得られていません。成長を促すような物事とも無縁です。

　個人の変容は、パワフルなキャラクターアークの基盤です。それがなければキャラクターは精彩を欠き、プロットは退屈になり、「このストーリーを読む意味なんてあるの?」と読者に感じさせてしまいます。

　しっかりとしたキャラクターアークを作るために、以下の質問に答えて下さい。

（「人物の変化をまっとうさせる」『ストラクチャーから書く小説再入門』123-125頁）

エクササイズ

■ ストーリーの書き出しと比べて、主人公は今、どのように変化しているか?

🖉
_____

_____

例

■ ウッディはバズを排除しようとしたり、操ろうとしたりせず、仲間であり友人として迎え入れる。

（ジョン・ラセター監督『トイ・ストーリー』1995年）

■ 守銭奴のスクルージは自分の富を最優先にするのをやめ、人々に食べ物や贈り物を買い与える。

（チャールズ・ディケンズ作『クリスマス・キャロル』）

■ ジェーンは従順にふるまって愛を得ようとするのをやめ、自立した言動をする。

（シャーロット・ブロンテ作『ジェーン・エア』）

エクササイズ

■ 主人公の性格や問題、恐れ、弱点がどう変わったかを描くために、どんなシーンを第3幕に入れるとよいか?

■ プロットポイント2の後で、主人公は敵対勢力に対してどんな新しい行動に出るか?

■ クライマックスに備えて、主人公はこれまでに得たスキルや道具、味方をどのように集めるか?

　■ それらの中で、最後の見せ場に必ず登場させたいものはどれ／誰か?

　■ それをどのようにして見せ場に持ち込むか?

サブプロット

クライマックスの前に、どのサブプロットの結末を描き、どのように最後をまとめるか？

■ サブプロット1

■ サブプロット2

■ サブプロット3

キャラクターを死なせる時のチェックリスト

プロットポイント2は主人公の精神的な死と再生を象徴的に表します。ですから、しばしば本当に命を落としたり、死んだかのように見えたりする局面となります。

キャラクターのうちの誰かがここで死ぬ場合（あるいは、ストーリーのどこかのタイミングで死ぬ場合）、以下の質問について考えてみて下さい。

（「ハッピーエンドか、サッドエンドか?」『ストラクチャーから書く小説再入門』155-159頁）

エクササイズ

■ なぜ死なせることが必要か?

■ その死が他のキャラクターたちに及ぼす影響は?

■ その死はプロットをどのように進展させるか?

■ このキャラクターが死なないとしたら、ストーリーや他のキャラクターたちはどうなるか?

■ その死は読者にショックを与えるか?

■ ショックのあまり、読者が死の理由に共感できなくなる可能性はあるか?

■ ショックを緩和するために、死について伏線を張っておけるか?

- キャラクターが死ぬ可能性に言及し、死についてはっきりとした伏線を張っておけるか?

- 文章のトーンや、予兆を感じさせる描写によって、死についての伏線を暗に張れるか?

- ストーリーを悲しい結末で終わらせたいか?
  □ はい □ いいえ

- 「いいえ」の場合、以下の質問への答えは?
  - キャラクターがストーリーの終盤よりも早い段階（プロットポイント2か、それよりも前）で死ぬ場合、どのようにすれば、クライマックスでの他のキャラクターたちのアクションで、その死に意味を持たせることができるか?

  - キャラクターがストーリーの終盤 (クライマックスか、それよりも後) で死ぬ場合、どのようにすれば、悲しみの中に希望が見出せるトーンにできるか?

キャラクターの死を描くには

チェックリスト		
よい理由		**よくない理由**
○ プロットを前進させる （マーガレット・ミッチェル作『風と共に去りぬ』のメラニーなど）	×	ただ読者にショックを与えるため （巨匠アルフレッド・ヒッチコック監督の『サイコ』(1960年)のようにうまくできるとは限らない）
○ 不運なキャラクターの人生に意味を与える （ジョージ・ルーカス監督『スター・ウォーズ エピソード4/新たなる希望』のオビ=ワン・ケノービなど）	×	ただ読者を悲しませるため （昔から「泣けるストーリーは売れる」と言われるが、悲しみの理由がきちんとしていないと後味が悪くなる）
○ 他のキャラクターたちにモチベーションを与える （サム・ライミ監督『スパイダーマン』(2002年)のアンクル・ベンなど）	×	不要なキャラクターを排除するため （これはよい理由でもあるのだが、再確認が必要。そのキャラクターが不要なら、登場させるべきかどうかをまず検討すべき）
○ キャラクターの行いに報いを与える （エミリー・ブロンテ作『嵐が丘』のヒースクリフなど）		
○ テーマを強く訴える （チャン・イーモウ監督『金陵十三釵（きんりょうじゅうさん さ）』(2011年)のキャラクター全員など）		
○ ストーリーの世界に現実感をもたらす （ジョン・スタージェス監督『大脱走』のキャラクター全員など）		
○ 不要なキャラクターを排除する （マイケル・ベイ監督『パール・ハーバー』(2001年)のダニーなど）		

R.I.P

考えてみよう

あなたが好きなストーリーをいくつか思い出してみて下さい。プロットポイント2はどこでしょうか？ プロットポイント2で、キャラクターが自分自身や葛藤、対立について得る気づきを列挙して下さい。

振り返ってみよう

1. 第3幕は全体の75パーセント経過地点あたりで始まっていますか？
2. 主人公が勝ち得たかのように思えたものは、プロットポイント2でどのようにかき乱されますか？
3. プロットポイント2以降、第3幕はテンポを落とさず、スピードを上げ続けていますか？
4. ストーリーの終盤までに様々な物事をまとめたり、決着をつけて片付けておいたり、最後の見せ場のために集結させたりするために、第3幕の始まりの運び方に配慮をしていますか？

参考文献やウェブサイト

- "5 Elements of Story Structure," J.E. Fishman, https://www.helpingwritersbecomeauthors.com/2013/01/5-elements-of-story-structure
- "The All-Important Link Between Theme and Character Progression," K.M. Weiland, https://www.helpingwritersbecomeauthors.com/2008/06/all-important-link-between-theme-and
- "What's the Most Important Moment in Your Character's Arc?" K.M. Weiland, https://www.helpingwritersbecomeauthors.com/2012/12/whats-most-important-moment-in-your
- "How to Successfully Kill a Character: The Checklist," K.M. Weiland, https://www.helpingwritersbecomeauthors.com/2014/01/kill-a-character
- "Creating Characters That Make Readers Cry," Jody Hedlund, https://jodyhedlund.blogspot.com/2010/05/creating-characters-that-make-readers.html

第 8 章

クライマックス

適切な位置は？
ストーリー全体の90パーセント経過地点から
98パーセント経過地点

　クライマックスで長いバトルをくり広げるストーリーもあるでしょう。あるいは、主人公のすべてを一変させるようなシンプルな告白がクライマックスとなるストーリーもあるかもしれません。どんな場合でも、クライマックスは主人公が大きな啓示を得る瞬間です。ストーリーの内容に応じて、主人公はクライマックスの直前または最中、あるいは直後に人生が変わるような啓示を得ます。その啓示に従って行動し、キャラクターアークを完結させ、物理的な衝突や心理的な対立に終止符を打ちます。

　クライマックスは第3幕の終盤で起き、ストーリー全体の最後の10パーセントほどを占める部分です。多くの場合、クライマックスの最後に訪れる「クライマックスのクライマックス」の後は、余韻を感じさせるエンディングのシーンとなるでしょう。伝えるべきことはすべてクライマックスで伝えましょう。その後は、ちょっとした感情面のまとめを描くのみであり、ストーリーを長く語る必要はなくなります。

ストーリーのクライマックス

　圧巻のフィナーレを描くなら、その基盤を仕込んでおくことが必要です。終盤に至るまでのプロットとキャラクターをよく見ておきましょう。クライマックスは、最後の武器を取り出すところです。読者をあっと言わせるシーンを連ねる必要があります。

　意外性がある、独創的なアイデアを探しましょう。ただの殴り合いなら走る列車の上で展開させてみてはどうでしょうか？　愛の告白なら、大統領就任式の真っ最中に宣言するのはどうでしょうか？

　以下の質問に答えて、ストーリーのクライマックスを磨き上げて下さい。

（「第10章　クライマックス」『ストラクチャーから書く小説再入門』128-137頁）

エクササイズ

■ 主人公と敵対勢力との最終決戦は、どのような形でなされるか？

例

■ 海上での戦闘　（パトリック・オブライアン作『新鋭艦長、戦乱の海へ』）

■ 競馬　（ウィリアム・フォークナー作『自動車泥棒』）

■ 議事妨害　（フランク・キャプラ監督『スミス都へ行く』1939年）

エクササイズ

■ クライマックスの舞台はどこか？

　■ その舞台はどのように、中心となる葛藤や対立、テーマを象徴的に表すか？

■ その舞台はどのように、敵対勢力との物理的または感情的な対決の難易度を上げるか？

✎

■ 主人公の新たな決意や自己の真実についての理解、ならびに周囲の世界はどのように、再び試練に遭遇するか？

✎

■ この試練に対する主人公の反応は？

✎

■ 主人公は敵対勢力に打ち勝つか、それとも敗北するか？

✎

■ 主人公、または敵対勢力は、どのように勝利を収めるか？

✎

■ ストーリーの書き出しから、ずっと読者が待ち焦がれてきた瞬間は？

✎

■ この瞬間をどのように読者に伝えるか？

✎

例

■ 主人公の男女のキス。（エリザベス・ギャスケル作『北と南』）

■ 白い魔女の死。（C・S・ルイス作『ナルニア国ものがたり——ライオンと魔女』）

■ 主人公が記憶を取り戻す。（ジェームズ・ヒルトン作『心の旅路』）

103

伏線

どこで、どのように、クライマックスと「クライマックスのクライマックス」のヘビーな伏線を張ったか？

クライマックスと「クライマックスのクライマックス」の直前に、どのようにライトな伏線を張ったか？

クライマックスの内容が決まったら、全体を振り返ろう。伏線をどこで、どのように張るとよいか？

クライマックスの舞台の伏線をどこで、どのように張るとよいか？

エクササイズ

■ ここまでのくだりを読んだ読者が、クライマックスについて予想しそうなことを5つ書くと？

1. ✏ _____

2. ✏ _____

3. ✏ _____

4. ✏ _____

5. ✏ _____

■ 読者を納得させ、満足させるためには、上記のうちのどれを充実させるべきか？
□1　□2　□3　□4　□5

■ 読者が予想していないことをクライマックスに含めるには、どうすればよいか？

✏ _____
_____

■ ストーリーに見せかけのクライマックスを設けるか？　設ける場合、具体的には？

✏ _____
_____

■ 見せかけのクライマックスを経た主人公は、真のクライマックスのためにどのような備えが必要だと知るか？

✏ _____

■ キャラクターには、打ち負かすべき敵対勢力が複数いるか？

✏ _____
_____

例

■ ウッディとバズは敵である悪ガキのシドを倒すが、次に、走り出したトラックに乗り込まねばならない。
（ジョン・ラセター監督『トイ・ストーリー』）

■ 主人公ジョージ・ベイリーは「生まれてこなければよかった」という考えを改めたが、次に、会社の財政危機を救わなければならない。

（フランク・キャプラ監督『素晴らしき哉、人生!』）

考えてみよう

ストーリーの結末の、別バージョンを5種類考えてみましょう。たとえば、敵が勝利して終わるバージョンや、主人公が勝利するけれども好きな人とは結ばれないバージョンなどです。それぞれのバージョンが、元々考えていた結末にないものを与えてくれるとしたら、それは何でしょうか？

振り返ってみよう

1. クライマックスはストーリー全体の90パーセント経過地点あたりで始まり、最後の頁から1、2シーン前で終わっていますか？

2. クライマックスは複数のシーンにわたりますか？　クライマックスの重要な瞬間に向かって複数のシーンが連なっていますか？

3. 敵対勢力との主な葛藤や対立は、クライマックスでどのように決着がつきますか？

4. キャラクターアークの中で主人公が得た大きな気づきと、クライマックスとはどのような関係がありますか？

5. ストーリーの中に葛藤や対立の層がたくさんある場合、真のクライマックスの前に「見せかけの」クライマックスを入れることが必要でしょうか？

参考文献やウェブサイト

● "Have You Invited Enough Characters to Your Story's Climax?" K.M. Weiland, https://www.helpingwritersbecomeauthors.com/2013/12/invited-enough-characters-storys-Climax

● "How to Structure a Whammy of a Climax," K.M. Weiland, https://www.helpingwritersbecomeauthors.com/2013/08/structure-whammy-Climax

● "Are Your Bad Guys Dying in the Right Order?" K.M. Weiland, https://www.helpingwritersbecomeauthors.com/2013/05/are-your-bad-guys-dying-in-right-order

● "The Inevitable Ending You Know Is Coming," C.S. Lakin, https://www.livewritethrive.com/2012/11/14/the-inevitable-ending-short-and-concise/

● "Special Scenes: Climax," Darcy Pattinson, https://www.darcypattison.com/writing/scenes/scene-22-climax-tips/

第 9 章

解決

適切な位置は?
ストーリー全体の98パーセント経過地点から
100パーセント地点まで

　「解決」はクライマックスの直後から最後の頁までの部分です。クライマックスで感情が高まった読者は、リラックスできるひとときを必要とします。キャラクターは戦いを終えて立ち上がり、ズボンの埃を払って家路につきます。キャラクターが長い苦悩を経てどう変化し、これからどう生きていくかを表現しましょう。これまでの道のりがしっかりと描けていたら、読者はキャラクターとの別れが名残惜しくなっているものです。そこで追加するシーンが、この「解決」です。その名の通り、すべてが解決する部分です。
　「解決」の長さは様々ですが、短い方がよいでしょう。実質的には、ストーリーはすでに終わっています。長々と引き延ばしたくありませんし、こまかいサブプロットの1つひとつにオチを付けようとすれば、ストーリーの本体が霞んでしまいます。「解決」の長さを決める際に最も重要なことは、途中まで描いてそのままになっているサブプロットがいくつあるかです。サブプロットは、できるだけ、クライマックスまでに決着をつけておくのが理想的。そうすれば、「解決」で主要な物事を描くことに集中できます。

「解決」のプランを立てる

　結末を完璧に書くのは簡単ではありませんが、目標を1つに絞り込むことは可能です。それは、読者に満足感を与えること。そのためには、どうすればよいのでしょう？　プロットの中での大きな問題がすべて解決した後も、キャラクターが動き続けている感覚を読者に与えることができれば、読者はリアルな感覚と共に「ストーリーの余白」が想像できるようになります。

　「解決」はストーリーの終わりであり、キャラクターの新しい人生の始まりでもあります。ストーリーを終わらせることと、今後のキャラクターの人生を感じさせることという、2つの大きな役目があります。

　「解決」について、以下の質問に答えて下さい。

（「第11章　解決」「第12章　エンディングをさらによくするために」『ストラクチャーから書く小説再入門』138-167頁）

エクササイズ

■ 「クライマックスのクライマックス」から「解決」までに経過する時間は？

　　　　　　　　年　　　　　　　　月　　　　　　　　日　　　　　　　　時

■ クライマックスでの出来事に対する主人公のリアクションは？

■ ストーリーが終わった後、読者の心に残したい感覚は?

☐ 楽観 　　☐ 悲観 　　☐ 敗北

☐ 恐怖 　　☐ 希望 　　☐ 悲しみ

☐ よろこび 　☐ 皮肉 　　☐ 理想

☐ 怒り 　　☐ 畏怖 　　☐ 落胆

☐ 後悔 　　☐ 軽蔑 　　☐ 敵意

☐ その他

　　■ 最後のシーンでこのトーンを出すにはどうすればよいか?

　　■ 主人公が最後に際立つ瞬間をどのように描けば、そのトーンの演出に役立つか?

■ まだ結末を描いていないものは?

☐ 恋愛のサブプロット

　どのようにまとめるか?

☐ 仕事のサブプロット

　どのようにまとめるか?

☐ 家族のサブプロット

　どのようにまとめるか?

☐ 親友・相棒のサブプロット

　どのようにまとめるか?

☐ 脇役のサブプロット

　どのようにまとめるか?

☐ その他

　どのようにまとめるか?

■ それぞれの重要なキャラクターを、再び登場させる（または言及する）にはどうすればよいか？

　■ 敵対者

　🖉

　■ 恋愛対象

　🖉

　■ 親友・相棒

　🖉

　■ メンター

　🖉

　■ 他の重要なキャラクター

　🖉

■ ストーリーの終わりを迎えた主人公は、以後、どんな新しいものを目指していくか？

　🖉

■ 「解決」の舞台設定と、冒頭の章の舞台設定を同じにするか、
　　対比させることはできるか？

　🖉

例

■ ダーリング家の屋敷　（ジェームズ・マシュー・バリー作『ピーター・パン』）
■ マーティン一家が暮らす植民地　（ローランド・エメリッヒ監督『パトリオット』）
■ 第12地区　（スーザン・コリンズ作『ハンガー・ゲーム』）

結びの1文チェックリスト

　書き出しの1文と同じく、結びの1文も、文そのものが記憶に焼き付くわけではありません。記憶に残ることよりも、読者の心に長く響き続ける方が、はるかに重要です。結びの1文でストーリーを心に響かせるには、どうすればよいのでしょうか？　読了後もストーリーが心にずっと残り続けるために、結びの1文はどのように貢献できるでしょうか？

　結びの1文をどうするかは、ストーリーのトーンやペース、最後に醸し出したいムードによるところが大きいです。以下の質問について考え、結びの1文を最善のものにして下さい。

（「心に響く結びを書くための五要素」『ストラクチャーから書く小説再入門』143-147頁）

エクササイズ

■ なぜ、その結びの1文は、ストーリーが完結したという感覚を与えるか？

■ その結びの1文は、キャラクターの人生がストーリーの完結後も続いていく感覚を与えるか？

■ その結びの1文は、どのようにテーマを強く打ち出すか？

■ その結びの1文よりも前の部分では、文を長めにしてペースをゆったりとさせているか？

■ その結びの1文はパンチが効いた力強い文であり、ストーリーに終止符を打つ働きをしているか？

結びの1文を心に響かせるための5つのステップ

それ以来、空には敵機がほとんど見えないように感じられる時もあった。

（ミレーナ・マックグロウ作『After Dunkirk（未）』）

STEP 1 終わりの感覚を出して全体をまとめる
プロットの中の諸問題を片付け、これ以上キャラクターを気にかけなくても大丈夫だという感覚を読者に与える。

英国空軍の戦いは終わりに近づいている。

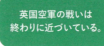

たとえ多くの犠牲者が出ても、未来への希望は続く。

STEP 2 テーマを強調する
ストーリーの心はテーマにある。結びの1文は、心の琴線に触れる文にする。

STEP 3 ペースをコントロールする
歌がクライマックスに向かって高揚した後で落ち着いていくように、ストーリーの終わりもペースをゆるやかにして読者を落ち着かせる。

結びの1文でパンチを効かせる。その前の段落は長めで抒情的で、ほとんど幻想的とも言える表現にする。

STEP 4 キャラクターに別れを告げる
結びの1文は読者にとって、キャラクターへの別れの挨拶。

1人称の語りとして、主人公の最後の思いを表現する。

STEP 5 未来へと続く感覚を与える
結びの1文ではストーリーはまだ終わっておらず、読者が本を閉じた後もなお、生き残ったキャラクターが生きていくことを示唆する。

バトルの完全な終わりではなく、終わりに差しかかったことをほのめかす。

考えてみよう

ストーリーが終わった後も、満足感がずっと残っている小説や映画はありますか？
それらの「解決」のシーンを分析して、感情的な反応を生む要素を書き出して下さい。
あなたのストーリーの「解決」にも、それらのテクニックが使えるでしょうか？

振り返ってみよう

1. 「解決」はクライマックスの直後に起きますか？　それは作品の最後のシーンですか？

2. まだ完結させていない主な物事を、どのように決着させましたか？

3. あまりにも出来過ぎた結末になるのを避けるために、どんな工夫をしましたか？

4. 「解決」では、結末を迎えた後のキャラクターの生き方を示唆するような、継続の感覚を読者に提供できていますか？

5. 旅路によってキャラクターがどう変化したかを、「解決」ではっきりと読者に示していますか？

6. 「解決」では、どのような感情が胸を打ちますか？　その感情は、作品全体のトーンに合っているでしょうか（面白い、ロマンティック、悲しげ、など）？　読者に満足感を与えて終わることができていますか？

参考文献やウェブサイト

- "Elements of a Good Ending," Joe Moore, https://www.helpingwritersbecomeauthors.com/SYNW-Moore[Not found]

- "The Characteristic Moment Belongs at the End of Your Book Too," K.M. Weiland, https://www.helpingwritersbecomeauthors.com/2013/10/characteristic-moment-belongs-end-book

- "Are the Loose Ends in Your Story Too Loose?" K.M. Weiland, https://www.helpingwritersbecomeauthors.com/2014/03/loose-ends-in-your-story

- "How Properly Structured Beginnings and Endings Hold Your Book Together," K.M. Weiland, https://www.helpingwritersbecomeauthors.com/2013/08/properly-structured-beginnings-endings-hold-book-together

- "It's the End of the Book as We Know It," Krista Phillips, https://www.helpingwritersbecomeauthors.com/SYNW-Phillips[Not found]

第 2 部

シーンの構成

第10章

シーン

　ストーリーの中のシーンには、実は、キャラクターがリアクションをしている「シークエル」にあたる部分も含まれています。キャラクターはシーンの中でアクションとリアクションを展開し、小さいながらもパワフルなピストンとなってストーリー全体を動かします。ここではシーンの中からシークエルを抽出し、「シーン」と「シークエル」の2部構成として解説します。それぞれの部分は、さらに3つのブロックに細分化できます。まず、シーンの3つのブロックを見てみましょう（シークエルの3つのブロックについては次の章で取り上げます）。

目的（地）: どのシーンでも、登場したキャラクターは、何かを求めています。つまり、それがシーンの目的（地）です。それはストーリー全体の目的から生まれ、ストーリー全体の目的を反映します。ストーリー全体をかけて悪を倒すとか、好きな人の心を射止めるといった大きな目標があれば、それを達成するために、キャラクターは小さな一歩を積み重ねていかねばなりません。そうした小さな一歩が小さな目的となって、1つひとつのシーンに推進力を生み出します。ストーリーの焦点を定めて力強く進めていくために、各シーンの最初にキャラクターの目的をはっきりさせましょう。

葛藤や対立: キャラクターの思いのままに物事が運び、取り立てて何もすることがなければ、プロットはほぼ終わってしまいます。ですから、葛藤や対立が必要です。キャラクターにとって不都合なことなら、どのようなものでも大丈夫です。それは殴り合いのケンカかもしれませんし、タイヤがパンクするといった困り事かもしれません。葛藤や対立がシーンを充実させます。目的を設定したら、キャラクターをそこに到達させないことに力を注ぎましょう。

結果（または「災難」）: シーンは何らかの結果がはっきりと出て、終わります。キャラクターが葛藤や対立を乗り越えて望みを叶える場合もありますが、それよりは、うまくいかずに「災難」で終わる方が多いでしょう。どのシーンでも、キャラクターには常に苦労をさせて、やすやすと目的を達成させないことが大切です。

シーンの「目的」の選択肢

　シーンの目的の選択肢は無限にありますが、ストーリーによって限定されます。どのシーンでも、キャラクターは、どんなものでも求める可能性があります。限りない選択肢の中から、プロットを前進させるものを見つけなくてはなりません。たとえば、「母の日にピンクのカーネーションを買うこと」というのもシーンの目的になり得ますが、キャラクターの母親が登場しない核戦争のストーリーには不向きでしょう。

　ストーリーにとって、シーンの目的はプロットを前進させるドミノのようなもの。1つひとつの目的がステップになります。1つの目的の結果が出ると、次の目的が生まれ、次へ、次へと連鎖していきます。その連鎖から外れた目的が入り込んでしまったら、ドミノ倒しはそこで止まり、ストーリーはぐらついてしまいます。

　以下の質問に答えて、それぞれのシーンの目的を整えて下さい。

（「第15章　シーンの「ゴール」の選択肢」『ストラクチャーから書く小説再入門』194-203頁）

エクササイズ

■ このシーンで主人公が求めているものは、次のうちのどれか？

□ 形があるもの（物、人など）

　■ それは何か？

　🖉 _____

□ 形がないもの（称賛、情報など）

　■ それは何か？

　🖉 _____

□ 物理的・身体的なもの（拘束、痛みなど）からの逃避

　■ 何からの逃避か？

　🖉 _____

□ 精神的なもの（心配や疑い、恐れなど）からの逃避

　■ 何からの逃避か？

　🖉 _____

□ 感情的なもの（悲嘆、憂鬱など）からの逃避

　■ 何からの逃避か？

　🖉 _____

□ その他

　■ 具体的には？

　🖉 _____

■ このシーンで目的を遂げるために、主人公は以下のどの手段を用いるか？

□ 情報を求める

　■ どんな情報を求めるか？

🖋 _____

□ 情報を隠す

　■ どんな情報を隠すか？

🖋 _____

□ 自己を隠す

　■ どう隠すか？

🖋 _____

□ 誰かを隠す

　■ どう隠すか？

🖋 _____

□ 誰かと対決、または誰かを攻撃する

　■ 誰を、どのように？

🖋 _____

□ 物品を修理、または破壊する

　■ 何を、どのように？

🖋 _____

□ その他

　■ 具体的には？

🖋 _____

■ シーンに敵対者が登場する場合、敵対者は主人公と相反する目的を持っている。

　このシーンで敵対者が求めているものは、以下のうちのどれか？

□ 形があるもの（物、人など）

　■ それは何か？

🖋 _____

□ 形がないもの（称賛、情報など）

　■ それは何か？

🖋 _____

□物理的・身体的なもの（拘束、痛みなど）からの逃避

■ 何からの逃避か？

✎ _____

□精神的なもの（心配や疑い、恐れなど）からの逃避

■ 何からの逃避か？

✎ _____

□感情的なもの（悲嘆、憂鬱など）からの逃避

■ 何からの逃避か？

✎ _____

□その他

■ 具体的には？

✎ _____

■ このシーンで敵対者は自分が求めるものを手に入れるために、以下のどの手段を使うか？

□情報を入手する

■ どうやって入手するか？

✎ _____

□情報を隠す

■ どうやって隠すか？

✎ _____

□自己を隠す

■ どうやって隠すか？

✎ _____

□誰かを隠す

■ どうやって隠すか？

✎ _____

☐誰かと対決、または誰かを攻撃する

　■　どのように対決、または攻撃するか？

　　🖉

☐物品を修理、または破壊する

　■　どのように対決、または攻撃するか？

　　🖉

☐その他

　■　具体的には？

　　🖉

■　シーンの目的をはっきりさせたら、以下の質問について考えて下さい

　■　プロット全体と、このシーンの目的との間には、なぜ整合性があると言えるのか？

　　🖉

　■　その目的はプロット全体に特有のものか？

　　🖉

　■　目的地を目指した結果として得たものから、どのような新しい目的/葛藤や対立/
　　「災難」が生まれるか？

　　🖉

　■　精神面、または感情面での目的（今日を楽しく過ごす、など）を具現化すると、
　　物理的または身体的にどう表れるか（人々に笑顔で接する、など）？

　　🖉

■　シーンの語り手に対して、目的の成功または失敗が直接及ぼす影響は？

　　🖉

シーンの「葛藤や対立」の選択肢

　葛藤や対立はストーリーの要です。それがなければ、キャラクターはあっという間に目的を達成してしまい、あらゆる物事に決着がつき、そこから先はストーリーを続けることができません。葛藤や対立はストーリーを前進させてくれます。葛藤や対立で目的を阻まれたキャラクターは、それに応じて新しい目的地を目指すようになり、また葛藤や対立に阻まれて、再び目的を修正。そして、ようやく目的が達成できた時、ストーリーは終わります。

　臆することなくキャラクターを妨害しましょう。葛藤も対立もなく苦悩もなければ、キャラクターの存在は無意味です。以下の質問に答えて、キャラクターと目的の間に立ちはだかる障害の1つひとつを確認し、シーンの分析をして下さい。

（「第16章　シーンの「葛藤」の選択肢」『ストラクチャーから書く小説再入門』204-217頁）

エクササイズ

■ 主人公と、主人公がシーンの中で求めることとの間にある障害は、次のうちのどれか？

□直接的な妨害（他のキャラクターや天候など、主人公が目的を達成するのを妨げる要因）
- ■ どのような妨害か？

　　🖉 _____

□内面の妨害（キャラクターが何かに気づき、目的についての気持ちが変わる）
- ■ どのような妨害か？

　　🖉 _____

□困難な状況（パンを焼くための小麦粉がない、ダンスの相手がいないなど）
- ■ どのような状況か？

　　🖉 _____

□能動的な葛藤や対立（口論、殴り合いなど）
- ■ どのような葛藤や対立か？

　　🖉 _____

□受動的な葛藤や対立（無視される、事実を知らされない、避けられるなど）
- ■ どのような葛藤や対立か？

　　🖉 _____

□その他
- ■ 具体的には？

　　🖉 _____

■ このシーンでの障害は、どのような形で表れるか？

□ 身体的または物理的な衝突

   ■ どのような衝突か？

□ 口論など、言葉による衝突

   ■ どのような衝突か？

□ 物理的な障害（天候、道路の封鎖、負傷など）

   ■ どのような障害か？

□ 精神的な障害（恐怖、記憶喪失など）

   ■ どのような障害か？

□ 物理的に何かが欠けている（ケーキを焼くための小麦粉がないなど）

   ■ 何が欠けているか？

□ 精神面で何かが欠けている（情報がないなど）

   ■ 何が欠けているか？

□ 受動的攻撃（意図的な攻撃、または意図的でない攻撃）

   ■ どのような攻撃か？

□ 間接的な干渉（他のキャラクターによる遠方からの、あるいは意図的でない敵対）

   ■ どのような干渉か？

□ その他

   ■ 具体的には？

■ シーンの中の葛藤や対立が決まったら、以下の質問について考えて下さい。

■ 目的の達成が妨げられることは、なぜ、キャラクターにとって一大事なのか?

✎ _____

_____

■ 目的から、どのように葛藤や対立が生じるか?

✎ _____

_____

■ キャラクターを妨げる側の動機は、なぜストーリー全体と論理的に合っていると言えるのか?

✎ _____

_____

■ このシーンの中で、葛藤や対立は論理的な結果(または「災難」)にどうつながるか?

✎ _____

_____

■ どのように、葛藤や対立は主人公の目的を直接的に干渉したり、脅かしたりするか?

✎ _____

_____

シーンの「災難」の選択肢

シーンの3つめのブロックで結果を描きます。最初の2つのブロック（「目的」と「葛藤や対立」）では、具体的な問いを提起しました。最後のブロックでは、その問いへの答えを出しましょう。

1つひとつのシーンを終える時に、キャラクターの希望をくじく方法を探して下さい。ただし、それは「目的に向かう道を断て」という意味ではありません。困難に遭遇している中でも、部分的に目的を達成させることは可能です。

プロットを前進させるために、「災難」を軽いものにすべき時もあります。**目的の部分的な妨害やうわべだけの勝利**などが、それに当たります。これらの軽い災難は、いわば「うまくいったと思いきや（Yes, but!）」の災難です。シーンの問いに対してキャラクターが「イエス」と言える立場になるか、あるいは完全に「イエス」と言えた時に、複雑な事情を加えて「災難」を作りましょう。

キャラクターにプレッシャーをかける手をゆるめないことが大切です。本当に必要なもの（敵対勢力との最終決戦）へとキャラクターの背中を押していくと同時に、シーンの「災難」でストーリー全体の目的から遠回りをさせましょう。

シーンの「災難」について、以下の質問に答えて下さい。

（「第17章　シーンの「災難」の選択肢」『ストラクチャーから書く小説再入門』218-225頁）

エクササイズ

■ 以下の中で、シーンの最後に起きる「災難」はどれか？

□目的の達成に対する直接的な障害（キャラクターが情報を求め、敵対者がそれを拒否するなど）

- ■ どのような障害か？

□目的の達成に対する間接的な障害（キャラクターが横道にそらされるなど）

- ■ どのような障害か？

□目的の達成に対する部分的な障害（キャラクターは必要な物を一部分しか手に入れられないなど）

- ■ どのような障害か？

☐ うわべだけの勝利（キャラクターはほしい物を得るが、実はそれは破壊的な物だとわかるなど）

　■ どのような勝利か？

　_____

☐ その他

　■ 具体的には？

　_____

■ そのシーンの「災難」は、具体的にはどのように表れるか？

☐ 死

　■ どのように？

　_____

☐ 身体のケガ

　■ どのように？

　_____

☐ 心に傷を負う

　■ どのように？

　_____

☐ 情報が錯綜していることが発覚する

　■ どのように？

　_____

☐ 失敗

　■ どのように？

　_____

☐ 身の安全を脅かされる

　■ どのように？

　_____

☐ 誰かの身に危険が迫る

　■ どのように？

　_____

☐ その他

　■ 具体的には？

　_____

■ シーンの「災難」の内容が決まったら立ち止まり、以下の質問に答えて下さい。

　■ その「災難」は、シーンの目的として掲げた問いに、どのような答えを出すか？

　　✎ _____

　　_____

　■ その「災難」は、シーンにきちんと組み込まれているか（シーンの葛藤や対立
　　に従い、頂点に達しているか）？

　　✎ _____

　　_____

　■ その「災難」の度合いは適切か？

　　✎ _____

　　_____

　■ その「災難」は、おおげさで芝居がかっていないか？

　　✎ _____

　　_____

　■ キャラクターがシーンの目的を部分的に、または完全に達成する場合、
　　どのような「うまくいったと思いきや（Yes, but!）」の災難が歯止めをかけるか？

　　✎ _____

　　_____

　■ 「災難」に見舞われたキャラクターは、どんな新しい目的地を目指すようになるか？

　　✎ _____

　　_____

考えてみよう

一番重要なシーンでは、どのような天候を設定していますか？ その天候はシーンの出来事のトーンや根底にあるテーマの表現、あるいは対比に役立ちますか？ また、他の色々なシーンの中で、天候の設定を変えた方が効果的なものはあるでしょうか？

振り返ってみよう

1. シーンの始まりでの主人公の感情やマインドは、どのような状態ですか？
2. シーンの最後での主人公の感情やマインドは、どのような状態ですか？
3. シーンの流れの中で、キャラクターの感情はどのように推移しますか？
4. そのシーンでの主な感情は？
5. 各シーンでの主な感情は、複数のシーンにわたって似たようなものをくり返しておらず、テーマに深みを与えていますか？

参考文献やウェブサイト

- " Most Common Writing Mistakes: Characters Who Lack Purpose," K.M. Weiland, https://www.helpingwritersbecomeauthors.com/2012/09/writing-mistakes-17-character-purpose
- " How to Write Scenes That Matter," K.M. Weiland, https://www.helpingwritersbecomeauthors.com/2010/03/make-every-scene-matter
- "Scenes: The Building Blocks of Your Story," Justine Schofield, https://www.helpingwritersbecomeauthors.com/2012/08/scenes-building-blocks-of-your-story[Not found]
- "Episodic Storytelling? Here's Why," K.M. Weiland, https://www.helpingwritersbecomeauthors.com/2013/02/episodic-storytelling-heres-why
- "Use Triangles to Help Your Readers Get the Point," Shanan, https://www.helpingwritersbecomeauthors.com/SYNW-Shanan[Not found]

シーンとシークエルでの感情の推移

シーン

1. 目的
シーンのポイントはキャラクターの目的。各シーンでは、キャラクターが何を求めているかを早めにはっきりさせる。

2. 葛藤や対立
キャラクターとその目的の間の障害であれば何でもよい。

3. 災難
キャラクターがストーリー全体の目的にすんなり到達しないよう、災難を起こして遠回りをさせる。

シークエル

4. リアクション
シーンの「災難」は、それについてのキャラクターの思考と感情の文脈の中だけで意味を持つ。

5. ジレンマ
災難から新しい課題が生まれ、キャラクターは次に何をすべきかを考える。

6. 決断
キャラクターは、ストーリー全体の目的に向かうために何をすべきかを決断する。

7. 新しい目的
決断がなされ、次のシーンのための新しい目的が生まれた時に、シーンは完成する。

第11章

シークエル

　シークエルも3つのブロックに分けられますが、かなり柔軟性があります。3つのブロック全部が1つの文に含まれる場合もあれば、複数の章にわたる場合もあります。1つか2つのブロックを暗にほのめかして書く時もありますし、シーンの中に織り交ぜて書いているように見える時もあるでしょう。シークエルの3つのブロックは、次の通りです。

リアクション：直前のシーンの最後に起きた「災難」に対するキャラクターの反応を描く、非常に重要なブロックです。アクションとアクションとの間に少し「休息期間」を与えるだけでなく、人間ならば必ず起きる感情や思考の反応をキャラクターの描写にきちんと入れることにより、読者が感じるリアリティが一段と高まります。シーンの「災難」は、キャラクターの思考と感情の文脈の中でのみ、意味を持ちます。

ジレンマ：「災難」に対して感情が動いたキャラクターは、次に、知性や理性を働かせます。すると、「災難」から新たなジレンマが生まれます。「災難」での失敗や挫折と、それが招く複雑な状況から、どうやって抜け出せばよいのでしょうか？　ジレンマとは、キャラクターが頭を働かせ、次の動きを考えるところです。色々な選択肢を模索する姿を描く、長いセクションになるかもしれません。ジレンマに対する答えが明白なら、短い1文で終わる可能性もあります。

決断：シークエル（と、シーン全体）は、ジレンマに対してキャラクターが何らかの決断をした時に終わります。その決断は、ストーリー全体の目的を達成するために必要なことでしょう。決断をすればシーンは完成し、新しい目的が生まれて次のシーンが始まります。

　シーンの3つのブロックと、シークエルの3つのブロックが理解できれば、土台にそれらを積み上げるようにして、ストーリーが構築できます。シーンを1つずつ、丁寧に作って連ねていけば、ストーリーはおのずと完成するでしょう。

シークエルの「リアクション」の選択肢

　あるシーンで「災難」に見舞われたキャラクターは、本能的に、感情的なリアクションを示します。この部分では能動的なアクションや衝突が乏しくなりますから、シーン／シークエルの仕組みがわからないうちは「本当にこれで大丈夫なの?」と不安になるかもしれません。でも、心配は無用です。確かに、読者は（どのような形であろうと）アクションが起きるとワクワクしますし、書き手もアクションなしではストーリーが作れません。ですが、キャラクターのリアクションを描かなければ、どんなアクションをくり広げても文脈は不完全なままで、意味をなしません。

　以下の質問に答えて、シークエルでのキャラクターのリアクションを磨いて下さい。

（「第19章　シークエルの「リアクション」の選択肢」『ストラクチャーから書く小説再入門』234-241頁）

エクササイズ

■ 直前のシーンで起きた「災難」に対して、主人公の感情的なリアクションは以下のうちのどれか?

□ 高揚感
　■ どのようにリアクションするか?
　✎ _____

□ 激しさ
　■ どのようにリアクションするか?
　✎ _____

□ 怒り
　■ どのようにリアクションするか?
　✎ _____

□ 混乱
　■ どのようにリアクションするか?
　✎ _____

□ 絶望
　■ どのようにリアクションするか?
　✎ _____

□ パニック
　■ どのようにリアクションするか?
　✎ _____

□恥

■ どのようにリアクションするか?

🖉 _____

□後悔

■ どのようにリアクションするか?

🖉 _____

□ショック

■ どのようにリアクションするか?

🖉 _____

□その他

■ 具体的には?

🖉 _____

■ それらの感情的なリアクションを読者に伝える手段は?

□地の文

■ どのような文か?

🖉 _____

□内面の語り／心の声

■ どのような語り／心の声か?

🖉 _____

□他者との衝突を用いたドラマタイズ（劇化）

■ どのような衝突か?

🖉 _____

□トーン

■ どのようなトーンか?

🖉 _____

■「災難」とキャラクターの感情的なリアクションとの相関関係は？

✎ _____

_____

■「災難」からの流れにおいて、キャラクターのリアクションはなぜ納得できると言えるのか？

✎ _____

_____

■ キャラクターのリアクションは、なぜ、本人の性格に合っていると言えるのか？

✎ _____

_____

■ このストーリーにとって、そのリアクションの描写の配分はどれくらいが適切か？

✎ _____

_____

■ 地の文やアクション、セリフなどで、リアクションをさらにパワフルに表現できるか？

✎ _____

_____

■「災難」に対する感情的なリアクションについて、読者がすでに知っていることを再び書かずに、はっきりと伝えるにはどうすればよいか？

✎ _____

_____

シークエルの「ジレンマ」の選択肢

振り返り：主人公は「災難」を振り返り、何が誤っていたかを考えます。その前の「リアクション」のブロックと織り交ざって進行することも多いです。「災難」との距離感やペースによって、振り返りに費やす分量は様々です。

分析：感情的なリアクションが落ち着いてくると、キャラクターは問題について考え始めます。「どうやって抜け出そうか？」という問いや思考がジレンマには必ず存在します。

計画：問題が分析できたら、キャラクターは計画を始めます。この流れはシークエルの「決断」につながります（「決断」については次の節で説明します）。

以下の質問に答えて、シークエルのジレンマを構築して下さい。

（「第20章　シークエルの「ジレンマ」の選択肢」『ストラクチャーから書く小説再入門』242-249頁）

エクササイズ

■ 主人公のジレンマはどのように推移するか？

振り返り

✎ _____

■ 「災難」で何が起きたかを読者に思い出させるために、再び情報を出す必要があるか？

□はい　　□いいえ

分析

✎ _____

■ 主人公が抱える問題を、具体的な問いとして書くとどうなるか？（下記の例を参照）

✎ _____

例

■ 彼はどうやって、毒ヘビがうごめく穴から脱出するか？

■ 彼女はどうやって、ジョーイに嘘をついたことを許してもらえるか？

■ 彼はどうやって、食料品を買うお金を見つけるか？

計画

🖉

■ シークエルのジレンマの描写は、以下のどの程度が適切か？

　　□ ジレンマを暗にほのめかす（読者は「災難」を読んでジレンマを推測する
　　　など）

　　□ ジレンマを端的にまとめたり、明確に記述したりする（マルティはみなが餓
　　　死する前に食料を手に入れる方法を考え出さなければならないなど）

　　□ ドラマタイズ／視覚的・聴覚的な表現でジレンマを明示する（マルティのお
　　　なかが鳴るなど）

■ 前のシーンの最後で起きた「災難」は、このジレンマにどのような影響を及ぼすか？

　　🖉

■ ジレンマを読者に明確に伝えるための工夫は？

　　🖉

■ プロットの中での比重として、ジレンマの描写が適量だと言えるのはなぜか？

　　🖉

■ 前のシーンの「振り返り」をこのシークエルにも入れる場合、重複してくどくなるの
をどう防ぐか？

　　🖉

シークエルの「決断」の選択肢

　シーン／シークエルの中で、「決断」のブロックは最も直感的に創作できるでしょう。「ジレンマ」から生まれた「決断」でシークエルは終わり、次のシーンの目的が生まれます。あたかも棒で牛を追い立てるように、「決断」がストーリーを前進させるのです。キャラクターが全く動かず、生涯ジレンマについて考え続ける場合もあるかもしれません。しかし、よいストーリーには前に進む力が必要です。ジレンマから抜け出して前に進むには、正しいかどうかに関わらず決断をするしかありません。

　「決断」の部分を創作する時は、ジレンマとの整合性に注目しましょう。ジレンマと「決断」の因果関係が曖昧でもプロットは前進するでしょうが、読者が求める筋道からは外れます。キャラクターが「夕食は何を作るべきか」というジレンマを抱えるなら、「ステーキとポテトにしよう」というような、具体的な決断をすべきです。「病院に行って献血しよう」という決断では、つながりません。

　シークエルでの決断について、以下の質問に答えて下さい。

（「第21章　シークエルの「決断」の選択肢」『ストラクチャーから書く小説再入門』250-257頁）

エクササイズ

■　キャラクターはどんなアクションをしようと決断するか？

■　なぜ、その決断はジレンマと合っているか？

■　その決断が力強い目的（地）へとつながる理由は？

■　そのジレンマが長引く問題である場合、解決への第一歩として論理的に妥当な決断をしているか？

■ キャラクターの決断は、どんな新たな問題を生み出すか?

✎ _____

_____

■ キャラクターが「行動をしない」と決断する場合、なぜそれは道理に合っており、
葛藤や対立を進展させる重要な一歩となるのか?

✎ _____

_____

■ キャラクターの決断には、シークエルの部分ではっきりと宣言してもよいほどの重要
性があるか?

✎ _____

_____

■ 決断の内容をはっきりと書く場合、ジレンマや目的と照らし合わせてみよう。
似たような文や表現のくり返しにならないように、どんな配慮をしたか?

✎ _____

_____

考えてみよう

キャラクターは「災難」に見舞われた直後に、どのような感情でリアクションをしますか？　その感情的なリアクションを正反対のものに設定してシークエルを書いてみましょう。ストーリーはよくなりますか？　それとも、悪くなりますか？

振り返ってみよう

1. シークエルの始まりで、主人公の感情やマインドは、どのような状態ですか？
2. その感情は、シークエルの流れの中でどのように変化しますか？
3. シークエルの最後では、主人公の感情やマインドは、どのような状態ですか？
4. そのシークエルの主な感情は何ですか？
5. その主な感情は、ストーリー内の他のシークエルのそれぞれと、どのように異なりますか？

参考文献やウェブサイト

- "How to Use Foreshadowing to Jazz Up Slow Scenes," K.M. Weiland, https://www.helpingwritersbecomeauthors.com/2012/08/how-to-use-foreshadowing-to-jazz-up
- "How to Cut the Filler and Tighten Your Book," Laura Carlson, https://www.helpingwritersbecomeauthors.com/2012/12/how-to-cut-filler-and-tighten-your-book
- "Warning Signs! Your Character Is Acting Out of Character," K.M. Weiland, https://www.helpingwritersbecomeauthors.com/2014/01/out-of-character
- " 5 Ways You're Blocking Readers From Suspension of Disbelief," K.M. Weiland, https://www.helpingwritersbecomeauthors.com/2012/08/5-ways-youre-preventing-readers-from

参考図書

● 『性格類語辞典 ポジティブ編』
（アンジェラ・アッカーマン&ベッカ・パグリッシ著、滝本杏奈訳、フィルムアート社、2016年）
あらゆる障害を克服するためのポジティブな特徴の数々を参考に、ユニークでダイナミックなキャラクターが創作できます。

● James Scott Bell, *Write Your Novel From the Middle: A New Approach for Plotters, Pantsers and Everyone in Between*, Bell on Writing, 2014.
小説の中で最も重要な瞬間として、ミッドポイントでキャラクター自身の姿を映し出す「ミラー・モーメント」に注目し、記憶に焼き付くフィクションを創作するというユニークな手法が紹介されています。

おわりに

ここに3つの小説があります。

1つめは、私がストーリーの構成について何も知らなかった頃に書いたもの。2つめは、構成について学びながら書いたもの。3つめは、それから何年も経った頃に書いたものです。

最初の2つは似たような運命をたどりました。それをひとことで表すなら、修正です。どちらのストーリーも、相当な分量の書き直しを余儀なくされたのです。私は、どちらのストーリーも好きでしたから、魂を注ぎ込みました。でも、ストーリーはそれに応えてくれませんでした。まるで、どんなに努力しても飼い慣らせない野鳥と同じです。ストーリーを頁の中に収めるのは不可能でした。

ですが、私はうすうす気づいていたのです。どちらのストーリーにも何か大きな問題があるに違いない、と。だからこそ、色々な箇所を修正したけれど、どうしてもうまくいきません。当時の私はストーリーの構成についての知識はあっても、まだ、それを問題解決に活用できるまでには至っていませんでした。毎日、何度も書き直しをするしかありません。

なんと疲れることでしょう。1つめのストーリーを手直ししながら、もう創作を楽しむことなど不可能ではないかとすら思いました。2つめの作品を書いている時、ついに私は観念しました。そのストーリーは失敗であり、どう直していいか私にはわからない、と。その作品は私にとって、草稿を仕上げてからお蔵入りさせた唯一の例となりました。

けれども、その険しくてつらい体験を経て、ストーリーの構成への理解を深めて3つめの作品に取り組む中で、何かが変わりました。

私にとって、それは最高の執筆体験となりました。アウトラインから初稿、推敲に至るまで、この3つめの作品ほどスピーディに進んだものはありません。ストーリーの内容も一因だったのでしょう。1つひとつの作品は、ユニークな創作過程をたどります。しかし、以前の私との大きな違いは、ストーリーのつなげ方を理解して創作したということ。それが、ストーリーを迅速に書き上げることができた、最大の要因だと思います。

書くことが、再び楽しくなりました。あの時の嬉しさが、今も胸に蘇ります。

構成は、私たちのストーリーを無理やり型にはめるものではありません。構成とはアイデアを支える枠組みを作ることであり、そこからイマジネーションを自由に羽ばたかせるものです。

このワークブックと構成の考え方を鍵として、あなたのストーリーを最高のものにして頂けますように。さあ、ペンを取って書き始め、可能性の扉を開けて下さい！

2014年11月　K.M. ワイランド

謝辞

私は謝辞を書くひとときが大好きです。本を作る過程で時間と労力を費やして、大変な作業を支えてくれた人々のことを静かに思う時間だからです。どの本の制作にも、間近で力を与えてくれる人々がいます。このワークブックでは、次の方々にお力添えを頂きました。順不同でご紹介し、お礼を申し上げます。

度重なるお願いに寛大に応じてくれて、草稿を読んでくれた私の友人たちへ。

いつも考える題材をくれて、しかも笑わせてくれる、ブレイデン・ラッセル。

くまのプーさんのアバターみたいにおおらかな、スティーブ・マティセン。

いつも正直で、いつも励ましてくれるローナ・G・ポストン。

素晴らしい熱意で向き合ってくれるマリー・ゲイ・バートン。

そして、ワークブックを作るというアイデアを最初にくれた、ジム・バーニングに深い感謝を捧げます。

最後に、いつも支えて励ましてくれる私の家族へ。特に、私の1番のファンであり姉妹であり、アシスタントを務めてくれるエイミー、いつもありがとう。

訳者あとがき

　本書は2014年に刊行された『ストラクチャーから書く小説再入門』をもとにした、書き込み式のワークブックです。米国で不動の人気を誇るワイランドさんの創作指南書シリーズを、長きにわたって日本の読者のみな様にもご愛読頂き、訳者としてとても嬉しく思います。

　第1作の『アウトラインから書く小説再入門』と、朱色のカバーが印象的な『〈穴埋め式〉アウトラインから書く小説執筆ワークブック』は、自由に広げた発想を執筆に向けて整理するための指南書です。それに続く本作は「ストラクチャー」、つまり、構成に焦点を当てています。

　本書をはじめ、多くの小説および脚本の執筆術において、構成とは、3幕構成を基本とする枠組みに従ってものごとを展開させることです。色々なアイデアをアウトラインで整理して、原稿を執筆する前後に（または執筆しながら）、さらに枠組みに合わせて分量を調整したり、強弱や緩急をつけたりする作業だと言えるでしょう。

　「構成は大事だが、楽しくない。後で考えろ」（『映画脚本100のダメ出し』ウィリアム・M・エイカーズ著、拙訳、フィルムアート社、2010年、52頁）という言葉の通り、書き手はあたかも型にはめられてしまうようで、不自由な思いをするかもしれません。ですが、楽しくないと公言する書き手でさえも、「構成が悪い＝永遠に地獄」（同上、57頁）と述べているように、構成はとても大切です。

　構成とは骨格のような型や枠組みだ、という捉え方に堅苦しさを感じる場合は、呼吸のリズムにたとえてみるとよいかもしれません。たとえば、本書の第2部の「シーン」と「シークエル」についても、アクションを描く「シーン」は息を吸って拡張するところ、リアクションを描く「シークエル」は吐いて力を抜くところ、と置き換えると、ストーリーの細部にまで鼓動や脈動が生まれることを、感覚的につかんで頂けるのではないでしょうか。

　ぜひ、朱色のカバーの「アウトライン」のワークブックで、情熱的に発想をはばたかせた後で、緑のカバーの本書を使い、少し離れた視点から「ストラクチャー」を俯瞰して、ストーリーの骨格を精査しながらリズムを整えて頂けたらと思います。

　本書では、もとの本にはないイラストレーションの数々と共に、ストーリーの中での重要なポイントを、それぞれ全体のどのあたりに配置すればよいかがひと目でわかる目盛りも加えて頂きました。フィルムアート社編集部の伊東弘剛さんと、デザイナーの石島章輝さんに深く感謝いたします。

シカ・マッケンジー

著者

K.M. ワイランド | K.M.Weiland

アメリカ合衆国ネブラスカ州出身。インディペンデント・パブリッシャー・ブック・アワードを受賞する他アメリカ国内で高く評価されている。『アウトラインから書く小説再入門』『ストラクチャーから書く小説再入門』『キャラクターからつくる物語創作再入門』『〈穴埋め式〉アウトラインから書く小説執筆ワークブック』『テーマからつくる物語創作再入門』（以上フィルムアート社）など創作指南書を多数刊行。また作家としてディーゼルパンク・アドベンチャー小説『Storming』や、中世歴史小説『Behold the Dawn』、ファンタジー小説『Dreamlander』等、ジャンルを問わず多彩な作品を発表している。ブログ「Helping Writers Become Authors」やSNSでも情報を発信中。

訳者

シカ・マッケンジー | Shika Mackenzie

関西学院大学社会学部卒業。「演技の手法は英語教育に取り入れられる」とひらめき、1999年渡米。以後ロサンゼルスと日本を往復しながら、俳優、通訳、翻訳者として活動。教育の現場では、俳優や映画監督の育成にあたる。『アウトラインから書く小説再入門』『ストラクチャーから書く小説再入門』『キャラクターからつくる物語創作再入門』『〈穴埋め式〉アウトラインから書く小説執筆ワークブック』『テーマからつくる物語創作再入門』（以上フィルムアート社）と、これまでに日本で刊行されたK.M. ワイランドの著書すべてを翻訳している。他訳書は『ハリウッド式映画制作の流儀』『記憶に残るキャラクターの作り方』（以上フィルムアート社）など。

〈穴埋め式〉
ストラクチャーから書く
小説執筆ワークブック

2024年12月30日　初版発行

著者　　　　　　K.M. ワイランド
訳者　　　　　　シカ・マッケンジー
ブックデザイン　イシジマデザイン制作室
日本語版編集　　伊東弘剛（フィルムアート社）
発行者　　　　　上原哲郎
発行所　　　　　株式会社フィルムアート社
　　　　　　　　〒150-0022
　　　　　　　　東京都渋谷区恵比寿南1-20-6
　　　　　　　　プレファス恵比寿南
　　　　　　　　Tel. 03-5725-2001
　　　　　　　　Fax. 03-5725-2626
　　　　　　　　https://www.filmart.co.jp

印刷・製本　　　シナノ印刷株式会社

© 2024 Shika Mackenzie
Printed in Japan
ISBN978-4-8459-2334-2　C0090

落丁・乱丁の本がございましたら、お手数ですが小社宛にお送りください。

送料は小社負担でお取り替えいたします。